명탐정의
탄생

명탐정의 탄생

정명섭 연작탐정소설

북멘토

차례

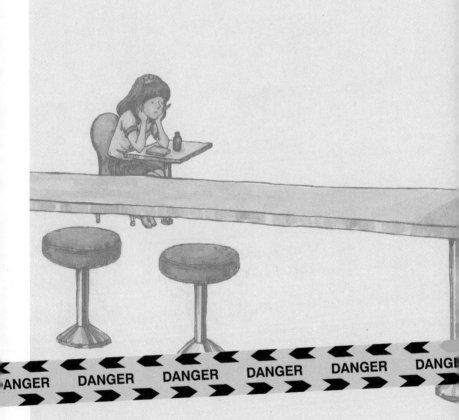

개봉동 소년 특공대

　　　　　5월 어느 일요일 오후, 별님 미용실에
서 한창 머리를 자르고 있는데 옆집 옷 가게 아줌마가 호들
갑스럽게 문을 열고 들어왔다.

　"소식 들었어?"

　"무슨 소식?"

　귀를 덮을까, 파낼까 고심하고 있던 미용실 원장이 심드
렁하게 되물었다.

　"109동 1213호 있잖아. 그 집 아저씨가 가족들한테 독약
을 먹이고 자살했대."

　가위가 귀 바로 옆에서 철컥 소리를 내는 바람에 귀가 잘

려 나가는 줄 알았다. 뒤이어 한 무리의 아줌마들이 몰려들어 오면서 미용실은 시장 바닥처럼 변해 버렸다. 덕분에 머리를 감고 다시 자리에 앉아서 드라이기로 말릴 때쯤에는 사건에 대해서 대략적인 정보를 들을 수 있었다. 1213호 아저씨는 큰 은행에서 과장까지 올라갔다가 명예퇴직을 하고 이런저런 사업에 손을 댔지만 고생만 실컷 한 채 거덜이 난 모양이었다. 부인은 전업주부, 큰딸은 중학교 2학년, 작은딸은 초등학교 5학년, 어머니는 몇 년 전에 죽었고, 아버지를 모시고 산다는 시시콜콜한 얘기까지 다 흘러나온 다음에야 본격적인 사건 얘기가 시작되었다.

"근데 왜 그랬대?"

원장이 드라이기로 내 머리를 말려 주며 묻자 옷 가게 아줌마가 대꾸했다.

"그 집 아줌마랑 아저씨랑 매일 싸웠잖아. 아저씨가 날마다 술 마시고 새벽에 들어왔거든."

파란색 캡을 쓴 아줌마가 뒤이어 얘기했다.

"거기다 그 집 할아버지가 툭하면 사고를 쳐서 그 집 아줌마가 속을 좀 끓였어야지."

그렇게 가장이 일가족을 모두 죽이고 자살한 사건은 동네 아줌마들을 흥분의 도가니에 빠트렸다.

물론 셜록 홈스와 미스터리를 사랑하는 사람들의 모임인 미사모의 회원이자 추리소설가, 그리고 탐정인 나는 아줌마들의 얘기를 믿지 않았다. 추리소설이나 영화, 드라마를 봐도 맨 처음 용의자가 진범인 경우는 드물다. 하지만 신문이나 뉴스 같은 데서만 봤던 살인 사건이 우리 동네에서 벌어졌다는 사실은 개봉동 셜록 홈스를 자처하는 나를 흥분시키기에 충분했다. 사건을 직접 눈으로 목격한 1212호 아줌마가 합류하면서 미용실은 한층 시끄러워졌다. 사건이 벌어진 것은 오늘 오전 8시쯤이었다. 아들 등교 준비로 바쁘던 1212호 아줌마는 벨소리에 무심코 문을 열었다가 울고 있는 옆집 큰딸을 발견했다고 한다. 문이 반쯤 열려 있는 옆집으로 들어가 본 1212호 아줌마는 거실과 부엌 식탁에 쓰러져 있는 그 집 가족들 모습에 혼비백산해서 112에 신고했다는 것이다. 맨 처음 사건을 얘기해 준 옷 가게 아줌마가 1212호 아줌마한테 물었다.

"근데 그 집 아저씨가 범인인 건 어떻게 알았대?"

"큰딸이 아빠가 사 온 식혜를 마시고 다들 토하고 쓰러졌다고 했거든. 아무튼 경찰에 구급차까지 오고 난리도 아니었다니까, 우리 아들 이제 겨우 맘 잡고 공부하고 있는데 이를 어째."

"그러게 집값은 또 어쩌고……."

1212호 아줌마의 푸념에 미용실 아줌마가 맞장구를 쳤다. 아, 남자들이 모이면 결국 군대에서 축구한 얘기로 결론을 내는 것처럼 아줌마들은 세상의 모든 일들을 결국 자식 공부 걱정과 집값 문제로 연결시키는구나. 집값 폭락과 자식 걱정을 번갈아 가며 한참 하던 1212호 아줌마는 그 집 큰딸과 할아버지는 다행스럽게도 독약이 든 식혜를 먹지 않아서 살았다는 이야기로 결론을 내렸다. 미용실 아줌마는 사건에 대한 얘기를 하느라 평소와는 달리 왁스를 대충 발라 줬다. 기분이 상한 나는 계산대의 접시에 있던 사탕을 왕창 집어 드는 것으로 복수를 했다. 그렇게 주머니에 사탕을 가득 넣은 채 미용실을 나와 집으로 가지 않고 아파트 단지로 향한 이유는 단순했다. 뇌세포를 자극하는 호기심과 지난주 강남역에서 그 집 아저씨와 마주쳤던 기억 때문이다. 그날은 미사모의 정기 모임이 있던 날이었다. 늘 그렇듯 사건과 책 얘기를 하느라 예정 시간을 훌쩍 넘기고 말았다. 마지막까지 남아서 맥주를 홀짝거리다가 새벽이 되어서야 일어났다. 그리고 강남역 롯데리아 앞에서 택시를 잡으려고 어슬렁거리는데 귀에 이어폰을 꽂은 아저씨가 쓱 다가왔다.

"혹시 개봉동 한진아파트 쪽에 살지 않으세요?"

팔도의 장정들이 다 모인다는 군대에서도 개봉동에 사는 사람은 본 적이 없었는데 새벽의 강남대로에서 동네 주민을 만날 줄은 몰랐다. 얼떨결에 고개를 끄덕거렸더니 아저씨가 알은체를 했다.

"반가워요. 난 109동 1213호에 살고 있어요."

　기억은 안 나지만 반갑긴 해서 어설프게나마 인사를 마주 건넸다. 아저씨는 장사가 안돼서 가게 문을 닫고 봄부터 대리를 뛴다고 털어놨다. 콜을 기다리는 중이라면서 10분쯤 얘기를 나눴는데 절반이 가족 얘기였다. 딸 자랑에 부인 자랑까지 늘어놓던 그는 근처에서 대리기사를 필요로 한다는 전화를 받고는 급히 자리를 떴다. 그게 그 아저씨를 본 처음이자 마지막이었다. 어쨌든 가족들을 먹여 살리느라 지난주까지 대리를 열심히 뛰던 사람이 오늘 아침에 그런 일을 저지른다는 건 앞뒤가 안 맞았다. 거기다 우리 동네에서 그런 사건이 일어났다는데 명색이 추리소설가이자 탐정, 그리고 미사모의 회원인 내가 안 가 볼 수는 없었다. 아무도 없는 경비실을 지나 아파트 단지 안으로 들어서자 한쪽 구석에 쓰레기가 벽돌처럼 쌓인 놀이터가 보였다. 놀이터에는 아이들 몇 명이 괴성을 지르며 그네를 타고 있는 중이었다.

문제의 사건이 벌어진 109동 1213호는 복도 제일 끝에 있었다. 영화에서 나온 것처럼 경찰이 눈을 부릅뜨고 지키고 있거나 노란 테이프가 쳐져 있지는 않았다. 하지만 사람들이 죽었다는 현장을 막상 눈으로 보게 되자 겁이 바짝 났다. 그 앞에 도착해서야 내가 할 수 있는 게 별로 없다는 사실을 깨달았다. 오히려 범인으로 의심받기 딱 좋은 상황이라고 생각하면서 돌아서려는데 뒤에서 부스럭거리는 소리가 들렸다. 순간 머릿속으로 온갖 생각이 스쳐 지나갔다. 역시 일가족이 거의 몰살당한 사건이 벌어졌는데 경찰이 이렇게 빨리 철수할 리가 없지. 틀림없이 어디 숨어 있다가 범인이 다시 현장으로 돌아오는 걸 기다리고 있었던 거다. 경찰한테 뭐라고 대답하지. 추리소설을 쓰는데 현장이 궁금해서 와 봤다고 할까? 지난번에 승준이랑 얽힌 일 때문에 경찰이라면 아직도 겁부터 나는 게 사실이었다. 이런저런 생각을 하면서 돌아봤는데 맥이 탁 풀리고 말았다. 허여멀건 얼굴에 두툼한 뿔테 안경을 쓴 꼬맹이와 눈이 마주친 것이다. 꼬맹이는 시크한 표정으로 물었다.

　"누구세요?"

　"어, 옛날에 이 집에 살았던 사람이야. 무슨 일이 있다고 해서 와 봤어. 넌?"

말도 안 되는 핑계였지만 다행히 꼬맹이는 별다른 의심을 하지 않았다.

"유진이 짝꿍인데, 저도 궁금해서 와 봤어요."

잘하면 단서를 찾을 수 있겠다 싶어서 꼬맹이를 데리고 아파트 놀이터로 갔다. 요즘 애들은 짝꿍이랑 안 친하다고 하던데 이 아이는 이것저것 아는 게 제법 많았다. 그네를 타면서 얘기를 듣는데 녀석이 충격적인 말을 했다.

"유진이가 가족들을 다 죽이고 싶다고 했어요."

"다시 말해 봐. 뭐라고?"

"가족들을 다 죽인다고 했다니까요. 걔가 그러는데 자기는 원래 저기 아랍 어느 왕국에서 태어난 공주였는데 반란이 일어나는 바람에 유모랑 함께 한국으로 피난 온 거래요. 자기가 열여섯이 되는 날 유모가 다시 나타나서 자기를 왕국으로 데려간다고 쉬는 시간이랑 야자 때마다 떠들었다니까요. 그래서 학교에서 걔 별명이 미아공이에요."

"미아공이 뭐야?"

"미친 아랍 공주요."

아, 요즘 애들의 미친 센스는 못 따라가겠다. 어쨌든 중요한 단서들은 계속 흘러나왔다.

"근데 자기를 맡아 준 양부모들이 놔주질 않으려고 한데요. 아마 반란군의 사주를 받은 것 같다고 틈을 봐서 유모랑 같이 도망치기로 했대요."

추리소설을 이 따위 스토리로 풀었다가는 당장 매장당할 게 뻔했다. 그러다 문득 꼬맹이가 왜 여기 왔는지 궁금해졌다.

"근데 여긴 왜 온 거냐?"

"빚 받으려고요."

"빚? 누구한테?"

"미아공이요. 지난주에 노래방 간다고 오천 원 빌려 간 거 안 갚았어요."

짝꿍 집이 쑥대밭이 되었는데 넌 오천 원을 받으려고 여기까지 왔냐는 말이 목구멍까지 올라왔다가 도로 내려갔다. 바로 그다음에 결정적인 단서가 나왔기 때문이다.

"다른 건 도통 관심이 없는 아이가 이상하게 화학시간만 되면 열공 모드로······."

'화학=독약'이라는 공식이 바로 머릿속에 떠올랐다. 아무튼 단서를 줘서 고맙다는 말을 하고 일어나려는데 꼬맹이가 당돌한 제안을 했다.

"미아공이 꿔 간 오천 원에 이천 원을 얹어 주면 더 중요한 정보를 알려 줄게요."

마침 주머니에는 머리 깎고 오면서 우유랑 두부를 사 오라고 엄마가 준 만 원짜리가 한 장 있었다. 고민 끝에 꼬맹이한테 만 원을 내밀었다.

"거슬러 줘."

그랬더니 꼬맹이는 주머니에서 천 원짜리 두 장이랑 오백 원짜리 하나, 백 원짜리 다섯 개를 꺼내서 내 손바닥에 올려놓고는 숫자 네 개를 불러 줬다.

"6714."

"그게 뭔데?"

"몰라요. 미아공이 노트 제일 뒷장에 적어 놓은 걸 봤어요."

대략 내 나이의 절반도 안 되는 꼬맹이한테 화를 낼 수도 없어서 될 수 있는 대로 차분하게 물었다.

"이게 중요한 정보니? 어디에 쓰는 번호인지도 모르잖아."

"미아공은 항상 숫자를 기억 못 해서 꼭 거기에 적어 뒀어요. 걔는 바보라서 자기네 집 비밀번호도 까먹는다니까요. 그런데 화학시간만 되면 눈에 불을 켜니 이상한 거죠."

얘기를 마친 녀석은 잽싸게 만 원을 챙겨서 일어났다. 돈을 건네준 다음에야 삥 뜯긴 기분이 들었다. 하지만 도망가는 애를 잡아다가 돈을 뱉어 내라고 할 수도 없는 노릇이었다. 그제야 애한테 준 돈이 엄마 심부름 값이라는 사실이 떠올랐다. 할 수 없이 빈손으로 집에 가서 엄마한테 돈을 잃어버렸다고 거짓말을 했다. 이제는 거짓말까지 하느냐는 잔소리를 한참 동안 듣고는 방으로 들어왔다. 자리에 앉자마자 컴퓨터를 켜고 인터넷으로 우리 동네를 검색해 봤다. 그러자 사건 사고 들이 고구마 줄기처럼 뽑혀 나왔다. 작년 4월에는 식당에서 일하던 조선족 여성이 반지하 집에서 칼에 찔려 숨졌고, 두 달 전에는 꼬마 애 하나가 오늘 사건이 벌어진 그 아파트 13층에서 뛰어내렸다.

가장 압권인 것은 2004년도에 벌어졌던 서울 서남부 연쇄살인 사건이었다. 범행 장소 중 두 군데가 개봉동과 지척인 관악구 신림동, 구로구 고척동이었다. 더 끔찍했던 건 살인범 정남규가 지하철 1호선 막차를 타고 가면서 범행 대상을 물색했다는 기사 내용이었다. 종각에서 11시 23분에 출발하는 막차를 제법 탔었는데 연쇄살인범과 같은 전철에 탔거나 어쩌면 옆자리에 앉았을 수도 있다는 얘기였다. 텔레비전이나 신문에서 봤던 사건들이 바로 내 곁에서 일어나고 있다는 사실을 뒤늦게 깨닫고는 온몸에 소름이 돋았다. 온갖 사건 사고 들이 바로 가까이에서 일상적으로 터지고 있는데 나만 모르고 있었던 것이다. 처음에는 겁이 났지만 나중에는 용기가 솟았다. 그래, 누가 우리나라에서는 탐정이 활약할 수 없다고 했는가. 이렇게 사건 사고 들이 널려 있는데 말이다. 기필코 이번 사건을 해결해서 추리소설의 소재도 찾고 미사모에서의 내 위치도 공고히 해 보는 거다. 침대 위를 뒹굴면서 생각을 정리해 봤다. 아저씨가 범인이 아니라면 살인자는 누구일까? 셜록 홈스의 단편들을 보면 대부분 범인은 가족이거나 피해자와 어떤 식으로든 연관된 사람들이었다. 셜록 홈스가 말년에 발표한「은퇴한 물감 제조업자」라는 단편에서는 사건의 의뢰인이자 실종된 여인의 남편이 범인이었다.『바스커빌가의 사냥개』와 더불어 가장 유명한 단편인「얼룩끈」에서도 범인은 의뢰인 헬렌 스토너의 의붓아버지인 그림스비 로일롯이었다. 당연한 얘기지만 의도를 가진 살인일 경우 가장 가까이 있는 사람을 의심할 수밖에 없다. 그렇다면 범인은 살아남은 그 집 할아버지랑 중학생 딸 중 한 명일 게 뻔했다. 살인자가 독약을 쓴 것도 맞아떨어진다. 추리소설에서 독약은 보통 힘없는 노인이나 여인의 살인 수단으로 나오기 때문이다.

그러다가 깜빡 잠이 들어서 아침까지 내내 잤다. 일어났더니 엄마는 이미 일을 나가고 없었다. 밥솥에는 새로 지은 밥이 가득했지만 그냥 라면 하나 끓여 먹고 텔레비전을 틀었다. 뉴스에서는 온통 누가 누구를 죽였다는 얘기들뿐이었지만 어제 우리 동네에서 벌어진 사건은 한 마디도 나오지 않았다. 문득 사람들이 얼마나 많이 죽고 자살을 하기에 이 정도 사건은 뉴스에 나오지도 않는 건가 겁이 났다. 아무튼 라면을 끓여 먹고 다시 컴퓨터 앞에 앉아서 이번 사건을 정리했다. 셜록 홈스라면 이 정도 단서로도 범인을 찾아냈을 텐데 아무리 들여다봐도 범인을 집어낼 수가 없었다. 한참 고민하다가 어제 미아공의 짝꿍이 얘기한 숫자를 적었다. 그러자 머릿속에 뭔가 번쩍 스치고 지나갔다.

"비밀번호!"

맞다. 그 꼬맹이도 미아공이 자기네 집 비밀번호를 자주 까먹었다고 했다. 네 자리 숫자는 현관문의 전자 도어록 비밀번호였던 거다. 집 안에만 들어갈 수 있다면 경찰이 놓친 단서를 찾을 수 있을 것 같았다. 영화나 소설 같은 데 보면 경찰은 항상 뭘 놓치니까 말이다. 뭘 해야 할지 결정되자 지독할 정도로 시간이 안 갔다. 일을 마치고 돌아온 엄마랑 저녁을 먹고 일찌감치 잠자리에 들었다. 아니 잠이 든 척했다. 11시쯤 엄마가 텔레비전을 끄고 안방으로 들어간 다음에도 한참 기다렸다. 새벽 1시가 넘어서 행동을 개시했다. 해골바가지가 그려진 짝퉁 나이키 비니를 쓰고 장갑을 낀 채 소형

20

랜턴을 챙겨 밖으로 나왔다. 놀이터에서 술주정하며 사랑 타령을 하는 고딩들에게 안 들키게 멀리 돌아가느라 시간이 좀 더 걸렸다. 거기다 감시 카메라에 찍히면 안 될 것 같아서 12층까지 걸어 올라가는 것도 만만치 않았다. 숨을 몰아쉬면서 중얼거렸다.

"젠장, 이럴 줄 알았으면 미리 운동 좀 해 둘걸."

겨우 12층에 도착해서 숨을 돌리고 1213호로 갔다. 그리고 자신 있게 도어록 번호를 눌렀다. 근데 빌어먹을, 안 열렸다. 혹시 잘못 외웠나 싶어서 장갑을 벗고 손바닥에 적은 숫자를 확인한 후 다시 눌렀다. 그래도 안 열렸다.

나는 꼬맹이한테 사기를 당한 거다. 숫자 네 개에 칠천 원이었으니까 하나에 천칠백오십 원이었다. 돈을 날린 것보다 중딩 꼬꼬마한테 속았다는 사실에 너무 열이 올라 나도 모르게 주먹으로 문을 꽝 때렸다. 조용한 새벽이라 그런가 소리가 너무나 크게 울려 퍼져 그만 주저앉을 뻔했다. 누가 나오기 전에 빨리 빠져나가야겠다는 생각에 발뒤꿈치를 들고 조심조심 걸어갔다. 근데 한 중간쯤 왔나? 금방 지나쳐 온 문이 덜컥거리면서 열렸다. 놀래서 돌아봤더니 웬 파마머리 아줌마가 하품을 하면서 문고리를 잡고 있는 게 보였다. 아줌마는 비몽사몽인지 나를 보고 엉뚱한 사람 이름을 댔다.

"천세니?"

"아, 안녕하세요."

인사성 하나는 으뜸이었던 내 머릿속에 떠오른 유일한 인사말이었다. 그러고는 살포시 미소를 지었다. 물론 아줌마는 인사를 받는 대신 아파트가 떠나가라 돼지 멱따는 소리로 비명을 질렀다. 나는 비명 소리를 출발 신호 삼아 비니를 푹 눌러쓰고 전속력을 다해 비상계단 쪽으로 뛰었다. 문제는 비상계단 바로 옆 엘리베이터 문이 열리고 덩치가 정말 산만한 녀석이 내렸다는 거다. 이러다 잡히면 누명이란 누명은 모조리 쓰게 될 게 뻔했다. 두리번거리던 녀석이 이쪽을 딱 쳐다보는데 도저히 맞짱 뜰 상대가 아니었다. 그래서 손가락 하나를 쭉 편 다음에 비상계단 쪽을 가리키며 목청껏 외쳤다.

"저놈 잡아라!"

정말 고전적인 수법인데 다행스럽게도 먹혔다. 녀석이 주춤거리더니 뒤를 돌아봤다. 그사이 나는 매처럼 날아서 녀석의 옆구리를 머리로 들이받았다. 미국 프로레슬러 에지의 피니시 기술 스피어! 문제는 녀석의 옆구리가 살이 아니라 돌덩이였다는 것이다. 목이 부러지는 줄 알았지만 다행히 녀석도 균형을 잃고 쓰러졌다. 자빠진 녀석을 몇 번 밟아 주고 곧장 계단으로 튀었다. 너무 어두워서 겁이 나긴 했는데 이 것저것 따질 상황이 아니었다. 정신없이 뛰어내려 가는 와 중에 쓰러졌던 녀석이 엘리베이터로 1층에 먼저 내려가 있 거나 경비 아저씨가 입구를 지키고 있으면 끝이라는 생각이 퍼뜩 들었다. 발소리를 죽이고 일단 2층까지는 조심스럽게 내려갔다. 예상대로 불이 환하게 켜지고 사람들이 웅성대는 소리가 들렸다. 이러다 누가 올라오거나 2층 사람이 문을 열 면 독 안에 든 쥐 신세가 될 것 같았다. 어떻게 할까 발을 동 동 구르다가 2층이 의외로 높지 않다는 사실을 깨달았다. 통 로 끝에서 내려다보니 마침 아파트 뒷문으로 연결된 작은 공원이 보였다. 심호흡을 하고 몸을 날렸다. 원래는 나뭇가 지를 잡고 내려오려고 했는데 이놈의 나뭇가지가 잡자마자 뚝 부러지는 바람에 등부터 떨어지고 말았다.

"으악!"

나도 모르게 비명을 지르고 나서야 그럴 상황이 아니라는 점을 깨달았다. 웅성대는 소리가 들려와 벌떡 일어났다. 공 원에 있는 팔각정으로 숨어서 아픈 등을 기둥에 비벼대며 동태를 엿봤다. 다행히 아파트 현관에 모인 주민들은 자기 들끼리 떠드느라고 나뭇가지가 부러지는 소리를 못 들은 것 같았다. 몸에 묻은 흙을 털고 아파트 후문으로 나가서 큰길

옆 하천으로 갔다. 하천 옆에는 조깅 트랙이 있어서 새벽에
도 운동하는 사람들이 제법 됐다. 혹시 누가 알아볼까 봐 머
리에 쓰고 있던 비니는 하천에 던져버리고 사람들 틈에서
뛰는 시늉을 했다. 그렇게 한 30분 뛰고 다시 아파트로 돌아
갔다. 정문에 서 있는 경찰차를 보고 가슴이 철렁 내려앉았
지만 태연한 척 걸어 들어갔다. 형광색 점퍼를 입은 경찰 아
저씨 주위로 아줌마 부대 한 무리가 열심히 떠드는 중이었
다. 아까 그 파마머리 아줌마도 강아지를 끌어안고 서 있는
게 보였다. 나는 태연하게 그들 곁을 지나쳐서 집에 들어갔
다. 다행히 엄마는 세상모르게 자고 있어서 안 들키고 넘어
갈 수 있었다.

아침에 일어나 보니 뛰어내리다 다쳤는지 허리가 장난 아
니게 아팠다. 집 안을 뒤져 봤지만 파스가 보이지 않아서 할
수 없이 파스를 사러 나갔다. 그런데 가는 날이 장날이라고
동네 약국이 상중이라는 종이쪽지를 붙여 놓고 문을 닫았다.
결국 마을버스를 타고 전철역에 있는 쇼핑센터까지 가야만
했다. 전철역을 통해 쇼핑센터 안으로 들어가려다가 파란색
무인 보관함 앞에서 발걸음을 멈췄다. 쓴 적이 없어서 몰랐
는데 동전을 넣고 열쇠를 가져가는 것이 아니라 비밀번호를

누르는 방식이었다. 신기해서 쳐다보다가 외국 영화나 추리 소설에서 중요한 물건은 은행 비밀 금고에 넣어 두곤 했다는 사실이 떠올랐다. 그 미아공이라는 중딩 꼬마가 은행 비밀 금고를 가지고 있을 턱이 없으니까 뭘 넣어 뒀다면 여기가 제일 적당해 보였다. 마침 문을 여닫는 비밀번호도 네 자리 였다. 만세! 아픈 것도 잊은 채 두 주먹을 불끈 쥐고 환호성 을 질렀다. 문제는 6714가 어느 칸이냐는 것이다. 할 수 없이 닫혀 있는 칸마다 비밀번호를 다 눌러 봤다. 삑 소리가 나며 문이 열린 것은 여덟 번째 칸을 눌렀을 때였다. 문이 열린 보 관함 안에는 고릴라 인형이 매달려 있는 가방이 하나 얌전하 게 들어 있었다. 잽싸게 집어 들고 집으로 돌아와서 가방을 열어 보았다. 분홍색 공주 거울 하나, 머리핀 몇 개, 얼짱 각 도로 찍은 셀카 몇 장이랑 버튼을 누르면 불이 들어오는 요 술봉 하나 그리고 비상금으로 모아 둔 것 같은 조그만 돼지 저금통이 있었고, 반짝이 스티커가 잔뜩 붙은 일기장 같은 게 나왔다. 일기장에는 새끼손가락만 한 자물쇠가 있긴 했지 만 집에 있는 드라이버로 비트니 금방 풀려 버렸다.

그 꼬맹이 말대로 미아공의 일기장에는 자기가 아랍에서 온 공주고 곧 돌아간다는 내용만 잔뜩 적혀 있었다. 하품을 하면서 넘기는데 마지막 장에 '가짜 부모가 눈치챈 것 같다.

유모와의 접선 장소를 KFC로 바꿔야겠다'라는 글귀가 보였다. 그리고 그 밑에 유모라고 써 놓고 주변에 별을 잔뜩 그려 놨다. 옆에 복잡한 화학공식도 하나 적혀 있었다. 가족들을 죽인 독약의 제조 공식이 분명했다. 이 정도 정신세계를 가진 애라면 자기 부모를 죽이고도 남겠다 싶었다. 이 사건만 해결하면 서른이 넘어서도 백수 생활을 한다는 오명을 씻고, 셜록 홈스가 머리에 쓰고 다녔던 사냥 모자도 살 수 있을 것 같았다. 그런데 흥분이 가라앉자 슬슬 걱정이 들었다. 이 일기장만 가지고는 중학교 여학생이 독약으로 자기 가족을 죽였다는 얘기를 누구도 믿을 것 같지 않았다. 일단 유모부터 찾아야겠다고 마음먹었다.

"그래, 어차피 남는 건 시간밖에 없잖아."

마침 도와줄 만한 사람도 머릿속에 떠올랐다. 일단 그 유모를 찾기로 했다. 그 사람만 찾으면 그걸 소재로 추리소설을 쓰는 거다. 그럼 출판사들이 계약금을 싸 들고 와서 제발 우리 출판사랑 계약…….

"현관문 활짝 열어 놓고 뭐하고 있니?"

시장에 다녀오셨는지 빵빵한 장바구니를 든 엄마가 혀를 끌끌 차면서 날 쳐다봤다. 방금 살인 사건 하나를 해결했다고 말하려는 찰나 엄마가 선수를 쳤다.

"얼른 나와서 마늘 좀 까."

일단 꼬맹이를 찾는 게 우선이었다. 그 녀석은 자기 이름
이나 사는 곳을 알려주지 않았다. 미아공의 짝꿍이라는 사
실만 가지고는 행방을 찾기가 어려웠지만 다행스럽게도 수
첩에는 미아공이 어느 중학교를 다니는지 나와 있었다. 아
침 겸 점심을 먹고 학교 앞으로 갔다. 마침 수업시간이 끝났
는지 아이들이 무리 지어 나오는 중이었다. 요즘 중학생들
은 덩치가 커도 너무 커서 징그러울 정도였다. 학교 앞 분식
점에서 산 떡꼬치를 먹으면서 아이들을 구경하는데 그 꼬맹
이가 나타났다. 남은 떡꼬치를 입에 쑤셔 넣고 꼬맹이한테
걸어갔다.

"야!"

내 목소리를 듣고 무심코 고개를 돌린 꼬맹이는 헉하는
소리를 내고는 뒤도 돌아보지 않고 내뺐다. 하지만 문구점
이 있는 골목길에서 녀석의 뒷덜미를 잡는 데 성공했다.

"아저씨! 잘못했어요!"

아저씨라는 말에 더욱 열이 받아서 녀석의 머리를 세게
한 대 쥐어박아 주고는 전철역에 있는 KFC로 끌고 갔다. 크
리스피 치킨과 비스킷, 콜라를 시키고 녀석한테 말했다.

"지난번에 이상한 비밀번호 알려 주고 내 돈 삥 뜯어 갔으니까 이건 네가 쏴라."

"삥 뜯은 건 아니에요."

녀석의 반항은 빨대로 머리를 한 대 때리는 것으로 제압했다. 풀이 죽은 녀석은 주머니에서 주섬주섬 만 원짜리를 꺼내서 계산했다. 주문한 음식들이 든 쟁반을 들고 자리에 앉은 나는 맞은편에 앉은 녀석에게 얘기를 시작했다.

"생각 같아서는 경찰에 끌고 가서 사회의 쓴맛을 보여 주고 싶지만 자라나는 새싹한테 그럴 수는 없고……."

잠깐 뜸을 들인 다음에 선심 쓰는 척 말했다.

"내 수사를 도와주면 없던 일로 해 줄게."

"수사요? 아저씨 경찰이었어요?"

놀란 녀석에게 미사모에서 공동으로 만든 명함을 건넸다.

"추리소설가 겸 탐정 민준혁? 미스터리를 사랑하는 사람들의 모임은 또 뭐예요?"

"하여튼 요즘 애들은 공부만 하느라고 세상이 어떻게 돌아가는지 모르지. 미사모는 셜록 홈스처럼 세상의 정의를 구현하는 젊고 야심찬 작가들의 동맹체라고나 할까."

"선암여고 탐정단이랑 비슷한 거예요?"

"뭐, 뭐라고?"

멋있다는 감탄사가 나올 줄 알았는데 뜻밖의 얘기가 나와서 어안이 벙벙했다. 흥분한 녀석이 정신없이 떠들어 댔다.

"선암여고 여학생 다섯 명이 모여서 미스터리한 사건을 해결한다고 하던데요."

얘기가 엉뚱한 곳으로 흘러가는 것 같아서 서둘러 말을 끊었다.

"날 도와주면 널 개봉동 소년 특공대 대장으로 임명해 줄게."

"그게 뭔데요?"

녀석이 눈을 동그랗게 뜨고 반문했다. 나는 고개를 절레절레 저었다.

"셜록 홈스를 도와주는 베이커가 소년 특공대라고 있어. 정보를 수집하고, 범인을 염탐하면서 홈스를 도와주지. 내가 개봉동 셜록 홈스니까 넌 특공대 대장 해. 알았지?"

"좋아요. 내가 대장 맞죠?"

몇 번이고 자신이 대장인 것을 확인한 녀석을 상대로 본격적인 탐문에 나섰다.

"미아공이 혹시 유모에 대해서 얘기한 적 있니?"

"유모요? 음, 그러고 보니까 분홍색 가방이랑 일기장을 자기 유모가 사 줬다고 자랑한 적은 있어요."

"유모를 본 적은 없고?"

"네."

"학교에서 미아공이랑 가깝게 지내던 애들한테 유모를 본 적 있는지 물어봐. 그게 네 임무다."

"활동비가 있어야 하는데요."

내가 다시 눈을 부릅뜨자 녀석도 지지 않고 대꾸했다.

"애들한테 정보를 캐내려면 하다못해 매점에 가서 빵이라도 사 줘야 한다고요."

결국 가지고 있는 오천 원을 주고 쓸 만한 정보를 알아 오면 오천 원을 더 주는 것으로 낙찰을 봤다. 돈을 챙긴 녀석이 자기 이름과 휴대폰 번호를 알려 줬다.

"제 이름은 안상태예요. 하루에 한 번씩 보고할게요."

"문자는 돈 드니까 카톡으로 날려라."

"네. 대신 이번 사건 해결되면 저도 명함 파 주세요."

"하는 거 봐서."

녀석이 일어나고 쇼핑센터를 돌면서 탐문 수사에 나섰다. 맨 처음 조사한 것은 미아공이 새로운 접선 장소로 선택한 KFC의 아르바이트 여학생이었다. 하지만 주문을 받느라 정신이 없는 아르바이트생은 기억이 안 난다는 말만 되풀이했다. 뒤에서 기다리는 사람들이 이상하게 쳐다봐서 할 수 없이 밖으로 나와야 했다. 집으로 돌아가기 위해 쇼핑센터 밖으로 향하는 계단을 내려가다가 걸음을 멈췄다. 좌판을 벌여 놓고 이것저것 파는 곳에서 그 여자애 일기장이랑 똑같은 걸 본 것이다. 당장 졸고 있는 아줌마를 깨웠다.

"이 일기장 사 간 사람 기억나세요?"

아줌마는 졸린 눈을 껌뻑거리면서 날 쳐다봤다. 미아공의 셀카 사진을 보여 주면서 혹시 이 애가 사 간 거냐고 물어봤더니 고개를 갸웃거렸다.

"얜가? 이 일기장은 두 권 있었는데 그중 한 권이 지난주에 나갔거든. 아, 맞다. 어떤 아줌마랑 손잡고 내려가다가 예쁘다고 하니까 아줌마가 이거랑 저 스티커랑 사 줬을 거야. 아마."

빙고, 속으로 만세를 외치고 그 여자애랑 같이 온 아줌마가 누구냐고 물었다.

"그게, 나이가 좀 든 아줌마였지. 뭐냐. 눈이 두 개 코가 하나……."

아줌마가 파는 스케치북을 하나 사서 거기에 그려 달라고 했더니 정말 동그라미 하나 그리고 더 작은 동그라미 두 개, 삼각형으로 된 코 하나. 그리고 바나나처럼 생긴 입을 그려 줬다. 그러고는 확신에 찬 표정으로 덧붙였다.

"얼굴이 엄청 예뻤어."

며칠 후 상태에게서 만나자는 연락이 왔다. 약속 시간에 나가자 녀석은 손부터 내밀었다.

"일단 들어 보고."

나는 오천 원짜리를 보여 줬다가 도로 집어넣으면서 대답했다. 입맛을 다신 상태가 빨대로 콜라를 한 모금 마시더니 입을 열었다.

"저번 달에 미아공이 사고를 쳐서 담탱이가 부모님을 모셔 오라고 한 적이 있거든요. 근데 담탱이가 상담을 하는데 좀 이상해서 물어보니까 미아공 엄마가 바빠서 대신 왔다고 했대요."

"설마 유모?"

상태는 고개를 크게 끄덕거리고는 손을 내밀었다. 오천 원을 주고 나서야 그 사람이 누군지 물어보지 못했다는 사실이 떠올랐다.

"근데 그 유모가 누군데?"

상태는 꾸깃꾸깃하게 접은 종이를 꺼냈다.

"26으로 시작하는 걸 보면 우리 동네 같은데."

"스마트폰으로 찾아보면 알 수 있지 않아요?"

그것도 모르냐는 상태의 말에 나는 그러려고 했다고 대답하고는 스마트폰을 꺼내서 번호를 입력했다. 그러자 지도와 함께 상호가 나왔다. 그걸 보고는 나도 모르게 중얼거렸다.

"여긴?"

"어딘지 알아요?"

상태의 물음에 나는 자신 있게 대답했다.

"그럼."

전봇대 뒤에 숨은 상태가 바로 옆 의류수거함 뒤에 숨은 나에게 물었다.

"저기예요?"

"응. 간판에 전화번호 적혀 있잖아."

"그럼 저 아줌마가 유모라고요?"

염탐 중인 이곳에서 두 달에 한 번은 머리를 깎는 나는 자신 있게 말했다.

"저기 일하는 사람은 주인 아줌마밖에 없어."

"그럼 이제 어떡하죠?"

"감시해야지. 너랑 나랑."

"공부해야 돼요."

녀석은 엄마가 걱정한다며 집으로 돌아가 버렸다. 할 수 없이 혼자 감시하고 있는데 쓰레기를 버리러 나온 미용실 아줌마가 이쪽을 쳐다보고는 소리쳤다.

"총각! 거기서 뭐해? 들어와서 커피 마실래?"

결국 감시는 실패로 돌아가고 말았다. 역시 대한민국은 탐정이 활약하기 적당한 곳이 아니라고 한탄하며 힘없이 집으로 돌아왔다. 그런데 미역국 간을 보던 엄마가 충격적인 얘기를 했다.

"102동에 떼죽음 당한 집 있잖아. 애들 아빠가 그런 게 아니라 할아버지가 그랬대."

이게 웬 황당한 시추에이션? 범인은 유모의 사주를 받은 중딩 딸이라고 얘기하려는데 엄마가 쐐기를 박았다.

"할아버지가 병원에서 자백했다더라."

"왜 그랬대요?"

"자식이랑 며느리한테 구박받아서 그랬다는구나. 하여튼 요즘은 애들이나 어른이나 참을 줄 몰라. 미역국 간 좀 볼래?"

혀를 끌끌 찬 엄마가 미역국을 권했다. 망연자실해진 나는 저녁을 먹는 둥 마는 둥하고 방으로 돌아와서 미아공의 일기장을 바닥에 내팽개쳤다. 그리고 인터넷으로 검색을 해 보니까 며느리의 구박에 화가 난 할아버지가 가족들 아침

식사에 독약을 탔다고 자백했다는 뉴스가 떴다. 혹시나 해서 일기장 속 화학공식을 네이버 지식인에 물어봤더니 그냥 중학교 교과서에 나오는 문제 풀이라는 답변이 올라왔다. 그렇게 야심차게 조사에 착수한 미아공 살인 사건은 내 품에서 멀어져 버렸다. 더불어 멋진 추리소설을 쓰고 셜록 홈스 뺨치는 탐정이 되려 했던 내 야심도 물거품이 되어 버렸다.

나는 일상으로 돌아왔다. 다 잊어버리고 신작 추리소설의 구상을 마친 후 집필을 시작할 즈음이었다. 심기일전하여 멋진 작품을 쓰기 위해 별님 미용실에 와 있던 중 한 통의 전화가 걸려왔다.

"어디예요?"

"상태구나. 머리 깎는 중이다."

"어제 미아공이 학교에 왔어요. 어디 지방으로 전학 간다고 서류 떼러 왔대요."

"그 얘긴 끝났다고 했잖아."

간신히 털어버린 기억이 떠오르자 짜증부터 났다. 하지만 상태는 포기하지 않았다.

"아휴, 얘기 좀 들어 보라니까요. 그래서 쉬는 시간에 매점에서 우유를 하나 사 주고 슬쩍 물어봤어요. 원래 부모님이 데리러 온 거냐고요. 그랬더니 잠깐 유모랑 살다가 갈 거라고 했어요."

"상태야. 지금은 길게 얘기를 못 듣겠다. 담에 통화하자."

"이제부터 진짜 중요해요. 가짜 부모들을 어떻게 그렇게 감쪽같이 처리했느냐고 물으니까 유모가 준 걸 먹였다고 했어요. 그러니까 유모가 범인이라고요."

"알았으니까 일단 끊어."

심장이 쿵쿵 소리를 내며 빠르게 뛰었다. 얼굴에 열이 오르면서 벌겋게 달아올랐다. 내가 못 푼 걸 중딩 꼬마 녀석이 풀었다는 질투심 때문만은 아니었다. 머리를 자르러 문제의 미용실에 와 있는 상황이었기 때문이다. 나는 상태가 계속 전화를 했지만 받지 않았다. 내 뒤에는 어쩐지 낯익은 여자애가 소파에 엎드려서 잡지를 보고 있었다. 내가 계속 힐끔거리자 잡지를 보던 여자애는 슈퍼에 간다며 밖으로 나갔다.

"글 쓴다 그랬지? 요즘 뭐 써?"

아줌마도 한때는 문학소녀였다고 쑥스러운 표정으로 말했다. 얘기는 자연스럽게 한 달 전 동네를 떠들썩하게 했던 그 살인 사건으로 넘어갔다.

"······ 아무래도 진범은 따로 있는 것 같아요."

"진짜?"

아줌마의 반응이 생각보다 뜨거워 나도 모르게 주섬주섬 떠들고 말았다. 물론 한밤중에 그 집에 갔다가 경찰차까지 오는 소동을 벌인 거나 미용실을 감시한 일은 말하지 않았다. 물론 눈치 빠른 아줌마는 대번에 알아차렸다.

"그때 전봇대 뒤에서 쳐다본 게 그거 때문이었구나? 난 왜 또 저러나 싶었지."

미용실 아줌마의 호탕한 웃음소리를 듣다가 아까 봤던 여자애를 어디서 봤는지 기억이 났다. 전철역 무인 보관함에서 찾은 일기장과 함께 들어 있었던 셀카 사진 속의 그 여자애. 미아공이었다. 그 여자애가 여기 와 있다는 얘기는 결국 미용실 아줌마가 유모라는 얘기였다. 그때 문자 메시지가 들어왔다.

—아, 왜, 전화는 안 받아요. 그 미용실 아줌마가 유모라고요!

메시지를 확인한 동시에 어색하게 아줌마를 쳐다보는데 양손에 면도칼이랑 뾰족한 가위를 들고 있는 게 보였다. 자리에서 벌떡 일어나서는 몸에 두른 천을 잽싸게 벗어던진 다음에 미용실을 뛰쳐나왔다. 헐레벌떡 도망쳐서 바로 옆 옷 가게 안으로 뛰어들어 갔다. 텔레비전을 보고 있던 옷 가게 아줌마가 눈을 동그랗게 떴다.

"미, 미용실 아줌마가 유모였어요."

"그게 뭔 소리야?"

아줌마가 놀란 눈으로 반문했다.

"지난달에 일가족이 죽은 사건 있잖아요. 꼬맹이가 유모한테 받은 독약으로 가족들을 모두 죽인 거예요."

"할아버지가 범인이라며?"

"그게 아니라 미용실 아줌마가 그 집에 중학교 다니는 딸을 시켜서 가족들한테 독약을 먹인 거라고요."

원체 경황이 없어서 두서없이 말했지만 다행스럽게도 아줌마가 알아들은 눈치였다.

"어머나, 세상에. 이거 마시고 숨 좀 돌리고 있어요. 내가 경찰에 신고할 테니까."

아줌마가 페트병에 담긴 식혜를 종이컵에 따라서 건네주며 말했다. 식혜를 막 마시려는 찰나 문이 드르륵 열리고 덩치 큰 깍두기 둘이 들어섰다. 미용실 아줌마가 뒤에서 손짓하는 모습이 보였다. 무기가 될 만한 걸 찾아서 두리번거리다가 행거에 걸려 있는 옷걸이를 움켜쥐고 휘둘렀다. 셜록 홈스가 익혔다는 유도와 가라테를 배우려고 도장에 갔다가 한 달 만에 그만둔 사실이 뼈저리게 후회됐다. 기억나는 대로 스텝을 밟으면서 겁을 줘 쫓아 버리려고 했지만 오히려 내 쪽으로 다가왔다. 일단 피하자는 생각에 예전에 써먹었던 수법을 다시 써먹기로 했다. 두 깍두기의 어깨 너머를 쳐다보면서 소리쳤다.

"경찰이다!"

그리고 둘이 뒤를 돌아보자마자 두 사람 사이를 빠져나와 밖으로 냅다 뛰었다. 아니 뛰었다고 생각했다. 사실은 갈고리 같은 손이 쭉 뻗어 와 뒷덜미를 잡고 바닥에 내동댕이치는 바람에 그대로 기절해 버리고 말았다.

"아저씨! 아저씨! 괜찮아요?"

머릿속이 어지러웠다. 그냥 눈감고 푹 자고 싶은데 솥뚜껑 같은 손이 자꾸만 뺨을 때리면서 귓가에 대고 소리를 질러 대는 바람에 눈을 안 뜰 수가 없었다. 다른 목소리도 들려왔다.

"인마, 살살 하라고 몇 번 말했어."

겨우 눈을 뜨고 몸을 일으키니 두 깍두기들이 보였다. 좀 더 시커멓고 우락부락한 쪽이 얼굴을 가까이 들이밀고 말했다.

"아저씨. 송혜연이랑 무슨 관계야?

송혜연이 누군지 몰랐던 나는 고개를 저었다. 약간 뒤에서 있던 두 번째 각두기가 부연 설명을 해 줬다.

"여기 세븐 스타 옷 가게 주인이요. 저 사람."

두 번째 각두기가 턱으로 가리킨 곳을 보자 양손에 수갑을 찬 옷 가게 아줌마가 끌려 나오는 게 보였다. 수갑? 그 광경을 어리둥절한 눈으로 바라보자 두 번째 각두기가 신분증을 보여 줬다.

"짭, 아니 경찰?"

"일단 경찰서로 가서 얘기합시다. 어이, 이 사람도 실어."

나는 첫 번째 각두기한테 번쩍 들려서 형사들이 타는 승합차에 실렸다. 연행이면 영장이 있어야 하고 임의동행은 거부하겠다는 얘기는 뻥긋도 할 수 없는 분위기였다. 옷 가게 밖에는 구경꾼들로 인산인해였다. 멍청하게 입을 벌린 채 구경하고 있는 상태도 보였다. 차에 실리고 나서야 겨우 정신이 돌아왔다. 식혜가 든 페트병과 종이컵을 들고 뒤따라 탄 첫 번째 각두기가 말했다.

"아저씨. 운이 좋았어."

"네?"

영문을 모르겠다는 표정으로 묻자 각두기는 식혜가 든 페트병을 흔들면서 씩 웃었다.

"이거 마시려고 했죠?"

경찰서에 가서 들은 사건의 진상은 내 추리와는 거리가 멀었다. 유모는 내가 처음에 의심했던 별님 미용실 아줌마가 아니라 거기 자주 드나들던 세븐 스타 옷 가게 주인이었던 것이다.

"그런데 할아버지가 자백했다고 하지 않았어요?"

내 물음에 두 번째 깍두기가 담배를 비벼 끄면서 설명해 줬다.

"할아버지가 애가 가져온 식혜를 마시고 가족들이 쓰러진 걸 알고 병실에서 다그쳤대요. 겁이 난 꼬맹이가 사실대로 털어놓으니까 할아버지는 하나 남은 손녀라도 살리려고 거짓말을 한 거였죠. 뭐, 우리도 할아버지가 독극물을 다룰 만한 지식이 없는 걸 이상하게 여기고 주변을 탐문하면서 용의자를 추적 중이었습니다. 그런데 사건이 벌어진 다음 날 밤 거긴 왜 갔었죠?"

"네?"

뜨끔한 내가 모른 척 반문하자 첫 번째 깍두기가 서류를 들여다보면서 대답했다.

"그 집 도어록에서 당신 지문이 나왔어요. 동네 사람인데다가 별다른 직업이 없어서 용의선상에 올려놓은 상태였습니다."

백수라고 무시하는 거냐고 한마디 하려고 했지만 용기가 나지 않았다. 그러자 첫 번째 깍두기가 더 무시무시한 얘기를 했다.

"사실 우린 당신이 송혜연과 내연 관계인 줄 알았거든."

"뭐라고요?"

내가 격하게 반응하자 첫 번째 깍두기가 슬며시 말머리를 돌렸다.

"아무튼 사건이 벌어진 날 아침 송혜연 씨가 준 식혜를 들고 집으로 돌아가는 그 여자애를 본 목격자가 나오면서 수사가 급물살을 탄 겁니다. 안 그래도 부산 쪽에서 흥미로운 자료가 올라왔었거든요."

"어떤 자료요?"

옆에 있던 두 번째 깍두기가 새 담배에 불을 붙이며 설명했다.

"18년 전에 부산에서도 비슷한 사건이 벌어졌어요. 남편, 시부모, 시누이까지 싹 몰살당하고 며느리만 살았죠. 평소 아이를 못 낳는다고 구박을 받았던 사실, 간호조무사로 잠깐 일해서 독약에 대해 잘 알고 있을 가능성 때문에 용의선상에 오르긴 했는데 물증이 없어서 그냥 넘어갔나 봐요. 그때 받은 보험금 챙겨서 서울로 올라온 거죠. 중간에도 비슷한 짓을 더 저질렀을 것 같아서 추궁 중이니까 더 나올 겁니다."

"전 미용실 아줌마가 유모인 줄 알았어요."

"안 그래도 학교에 대신 나타난 적이 있었다고 해서 조사해 봤는데 그 시간에 미용실에 있었다는 알리바이를 확인하고 넘어갔어요. 송혜연이 정체가 탄로 나니까 아는 사람 연락처를 대신 남긴 것 같습니다. 아무튼 영장 받아서 체포하려고 갔는데 당신이 거기서 흉기를 들고 막는 바람에 김 형사가 한패인 줄만 안 겁니다. 그러니까 피차 귀찮게 하지 말고 좋게 넘어갑시다."

옷걸이도 흉기냐는 말은 꺼내지도 못했다. 대신 궁금한 건 물어볼 수 있을 것 같은 분위기였다.

"그런데 미아공, 아니 그 집 큰딸은 왜 가족들한테 독극물을 먹인 겁니까?"

그러자 두 번째 깍두기는 착잡한 표정으로 입을 열었다.

"그 아이랑 얘기한 상담사가 하는 말이 착하고 공부 잘하는 여동생 때문에 스트레스를 많이 받았나 봅니다. 어머니가 여동생만 지나치게 감싼다고 생각한 모양이에요. 그러다가 우연찮게 옷 가게를 운영 중인 송혜연과 가까워졌습니다."

그러니까 착하고 말 잘 듣는 여동생 때문에 집안에서 소외된 미아공과 자식이 없던 옷 가게 아줌마 송혜연의 만남이 결국 이 사건의 시작이었던 셈이다.

"그 아이는 같은 반 아이들에게 자기 부모가 따로 있다는 말을 하고 다녔다고 했습니다."

모니터를 잠깐 들여다보던 깍두기가 내 얘기를 듣고는 대답했다.

"그 집 큰딸이 먼저 자기 부모가 따로 있다고 얘길 한 건지, 아니면 송혜연이 먼저 그런 식으로 얘기했는지는 아직 모르겠습니다. 아무튼 송혜연이 그 아이에게 고아가 되면 자기랑 살 수 있다고 꼬드겼다는 겁니다. 큰딸은 송혜연이 건넨 식혜를 가족들에게 줬고, 그 결과는……."

"몰살이었죠."

깍두기는 내 말을 듣고는 천천히 고개를 끄덕거렸다.

"전날 술을 먹고 속이 안 좋아서 조금만 마신 할아버지만 빼고 말입니다. 가족들이 쓰러진 것을 본 아이는 곧장 옆집으로 달려가서 아버지가 가져온 식혜를 마시고 온 가족이 쓰러졌다고 울고불고한 겁니다."

"다들 그 아이 얘기에 속아 넘어갔군요."

"설마 중학교 2학년짜리가 그런 짓을 저질렀을 것이라고는 상상도 못했겠죠. 그건 우리도 마찬가지였습니다. 세상이

참 어떻게 돌아가는 건지 원⋯⋯."

그렇게 개봉동 일가족 독살 사건은 해결되었다. 문득 미아공이 언제쯤 자신이 저지른 짓의 의미를 깨닫게 될지 궁금했다. 모른다면 모르는 대로, 알면 아는 대로 끔찍한 일이 될 것이 틀림없었다. 그러는 한편으로는 미아공에게 연민이 느껴졌다. 중학교 2학년짜리 여자애는 집이나 학교, 어디에서도 기댈 곳을 찾지 못했다. 부모나 동급생들은 미아공을 단지 괴짜 취급하고 멀리했을 뿐, 그 안에 담겨 있는 상처를 보지 못한 것이다. 그 상처는 결국 한 가족을 죽이는 불씨가 되고 말았다. 그리고 덕분에 난 귀찮은 짐만 하나 얻었다.

"개봉동 소년 특공대 명함 파 줘요. 애들한테 자랑했단 말이에요."

나는 징징대며 콜라를 마시는 상태에게 말했다.

"네가 한 게 뭐 있다고?"

"왜 없어요. 미아공한테 빵 사 주고 단서 찾았잖아요. 빨리 명함 파 달란 말이에요."

아! 탐정의 길은 멀고도 험하구나.

45

백발마녀 전

개봉동 셜록 홈스이자 추리 작가라고
자처하는 30대 백수 민준혁 아저씨는 약속 시간을 30분이
나 넘겨서야 모습을 드러냈다.

"미안, 나오는데 기가 막힌 아이디어가 떠올라서 말이야."

덩치만 클 뿐 애나 다름없었다. 명함 만들어 준다는 약속
도 벌써 한 달째 지키지 않는 중이었다. 미안한지 슬쩍 눈치
를 살피다가 주변을 둘러보고는 눈살을 찌푸렸다.

"그나저나 꼬맹이가 이런 데서 얼쩡대면 어떡하냐?"

내가 서 있는 골목길을 살펴본 준혁 아저씨의 표정이 어
두워졌다. 그 말에는 동의했다. 학교로 올라가는 큰길에서

옆으로 빠져나온 작은 골목길 한쪽은 모텔들이, 다른 한쪽은 지금 내가 보고 있는 요상한 술집들이 자리 잡고 있었다. 할머니 말로는 한때 엄청난 유흥가였다가 지금은 쇠락해 버린 곳이라고 했다. 가뜩이나 조용한 곳인데 토요일 오후라 더 한가했다.

"형이 30분이나 늦게 나와서 여기까지 나온 거잖아요."

퉁명스럽게 내뱉자 준혁 아저씨가 다가와 머리를 쓰다듬는 척하면서 마구 헝클어 버렸다.

"출판사에서 샘플 원고를 빨리 보고 싶다고 어찌나 독촉하는지 말이야. 내가 실제 사건이라고 하니까 확 빠졌나 봐. 책으로 나오면 상태도 등장시켜 줄게."

처음 만났을 때 유명한 추리소설가 겸 탐정이라고 해서 인터넷으로 검색해 봤더니 같은 이름의 모델만 주르륵 떴던 기억이 났다. 미스터리를 사랑하는 사람들의 모임이라는 것도 찾아봤지만 거창한 이름과는 달리 유명한 작가들은 한 명도 보이지 않았다. 그래서 이번 사건은 나 혼자 해결하려고 했다. 하지만 어른들은 나 같은 중학생은 상대하려고 들지 않았다. 결국 내가 아는 유일한 어른에게 부탁을 해야만 했다. 준혁 아저씨가 짧게 하품을 하면서 물었다.

"근데 무슨 일로 날 부른 거냐?"

며칠 전에 이메일로 구구절절 얘기를 해 줬는데도 딴청이다.

"문구점 아저씨 건으로 만나자고 했잖아요."

"아! 학교 앞 문구점 아저씨?"

"네. 설마 까먹은 건 아니죠?"

짜증이 나서 쏘아붙이자 준혁 아저씨가 심드렁하게 대답했다.

"글 쓰느라 바빠서 잠깐 잊어버렸어. 그러니까 일단 순서대로 하자."

"순서요?"

"그래, 의뢰인을 만나러 가야지. 거기서부터 시작하는 게 추리의 정석이야. 셜록 홈스를 보면 늘 의뢰인이 찾아와서 시시콜콜 얘기를 해 주면 왓슨이랑 같이 의뢰인 집에 가는 걸로 시작하거든.『바스커빌가의 개』처럼 왓슨만 먼저 보내기도 하지만 말이야."

그놈의 홈스 타령!

"그러니까 의뢰인 만나러 가자."

나는 대답 대신 고개를 끄덕거리고는 앞장서 걸어갔다. 그러면서 휴대폰으로 백발마녀에게 전화를 걸어 간다고 얘기했다. 그러자 백발마녀는 귀찮다는 투로 알겠다고만 대답하고는 전화를 끊었다. 통화를 끝내고 준혁 아저씨와 이번 사건에 관한 얘기들을 나눴다. 이메일을 보내긴 했지만 눈치를 보니 제대로 보지 않았든지 아니면 까먹은 게 분명했다.

"문구점 아저씨가 실종된 건 일주일 전이었어요. 경비 교대 근무를 하러 나간다고 했다가 그대로 사라진 거죠."

준혁 아저씨가 한쪽 눈을 찡그린 채 입을 열었다.

"그 아저씨가 박만술 씨 맞지?"

"맞아요. 사람은 좋은데 능력이 없어서 아주머니가 문구점을 하면서 가족들을 부양했죠."

"그런데 왜 사라진 거야?"

그걸 알면 내가 너 같은 멍청이한테 도와 달라고 했겠냐는 말이 목구멍 끝까지 밀려 나왔다가 도로 들어갔다.

"그걸 알아내는 게 우리 일이에요."

"사람이 갑자기 사라지는 건 뭔가 이유가 있거든. 예컨대 1891년에 『스트랜드 매거진』에 발표된 「신랑의 정체」라는 단편에서는 결혼식에 가던 마차 안에서 갑자기 신랑이 사라지거든. 그래서 신부가 홈스를 찾아와서 신랑을 찾아 달라고 해. 그런데 신랑이 왜 결혼식을 코앞에 두고 사라진 줄 아니?"

"신부가 너무 못생겨서요?"

"넌 어째 생각하는 게 죄다 그렇게 저렴하니?"

한심한 눈빛으로 준혁 아저씨가 정답을 얘기해 줬다.

"사실 신랑은 신부의 의붓아버지였어. 돈 많은 신부의 어머니랑 재혼을 해서 돈을 펑펑 썼는데 의붓딸이 결혼을 하면 그 유산을 빼앗기거든. 그래서 자기가 신랑 행세를 한 다음에 결혼식장에서 도망쳐 버린 거지."

"뭐 그런 용두사미 같은 얘기가 다 있어요?"

셜록 홈스에 관한 안 좋은 얘기라면 화부터 내던 준혁 아저씨는 뜻밖에도 어깨를 으쓱거렸다.

"아무리 눈이 나빠도 자기 양아버지도 몰라볼 정도는 아니라는 얘기가 있긴 하지. 어쨌든 내가 하고 싶은 얘기는 누군가 갑자기 사라지는 건 틀림없이 상상하지 못할 만한 어떤 이유가 있다는 뜻이야."

"문구점 집 아저씨가 그 양아버지는 아니잖아요."

"비슷한 사정이 있는지 알아봐야지."

"사실 소문이 하나 돌긴 했어요."

학교 앞으로 이어지는 오르막길을 올라가던 준혁 아저씨가 헉헉거리면서 물었다.

"어떤 소문?"

"로또 1등에 당첨되니까 그길로 사라졌다는 소문이요."

"로또?"

"네. 그 아저씨 유일한 취미가 매주 금요일 저녁에 로또 사는 거였거든요. 사라졌다는 걸 맨 처음 안 것도 로또 가게 주인이었대요."

내 얘기를 들은 준혁 아저씨가 걸음을 멈추고 생각에 잠긴 척했다. 사실은 오르막길을 올라가기 힘들어하는 걸 눈치채고 있었지만 모르는 척했다. 어른들은 왜 나이가 들수록 애처럼 구는 걸까? 숨을 헐떡거리던 준혁 아저씨가 혀를 찼다.

"그 아저씨도 참, 고생한 부인한테 미안하지도 않나?"

"그거 말고 또 다른 소문도 돌고 있어요."

"무슨 소문?"

섣불리 얘기할 수 없는 문제였기 때문에 잠시 고민했지만 수사를 위해서는 어쩔 수 없었다. 며칠 동안 얘기를 듣고 조사해 본 결과 미심쩍은 부분이 있었는데 어른들이 도무지 입을 열지 않았기 때문이다.

"백발마녀가 아저씨를 죽이고 로또를 가로챘다는 소문이요."

얘기를 들은 준혁 아저씨는 인상을 팍 찡그렸다.

"백발마녀는 또 뭐냐?"

"문구점 아줌마예요. 왜 그런 별명이 붙었는지는 직접 보면 아실 거예요."

얘기를 주고받는 사이 학교가 보였다.

"저쪽이에요."

'정문 문구점'이라는 단순하면서도 촌스러운 낡은 간판을 본 준혁 아저씨가 투덜거렸다.

"작명 센스하고는."

문구점은 굉장히 오래전부터 이곳에 있었다고 했다. 학교가 생기고 거의 동시에 생겼다는 얘기가 사실이라면 25년이 넘었다는 의미가 된다. 그리고 그 오랜 시간 동안 문구점은 하나도 변하지 않은 것 같았다. 낡은 간판은 물론 밖에 진열된 장난감들도 먼지가 뿌옇게 쌓인 지 오래였다. 어두컴컴한 문구점 안의 상품들도 먼지가 쌓여 있고 제대로 정돈이 안 된 상태로 어지러웠다. 준혁 아저씨는 가게 안을 둘러보고는 중얼거렸다.

"장사를 하겠다는 거야? 말겠다는 거야?"

그때 동굴처럼 생긴 카운터 안쪽 방에서 부스럭거리는 소리가 들려왔다. 밖에서 보면 볼펜이랑 연습장이 진열된 책꽂이에 가려져 있어서 처음 온 손님들은 거기에 방이 있는 줄 모르게 생겼다. 준혁 아저씨도 깜짝 놀라는 표정을 지었다. 잠시 후, 백발마녀가 모습을 드러냈다. 준혁 아저씨의 마른침 삼키는 소리가 들렸다. 주인 아줌마가 백발마녀라고 불린 이유는 머리가 온통 하얗기 때문이었다. 구부정한 자세로 준혁 아저씨를 뚫어지게 바라보던 백발마녀가 내게 물었다.

"이 사람이 네가 얘기한 그 탐정이냐?"

"네."

짧게 대답하고는 재빨리 준혁 아저씨의 팔을 흔들었다. 그러자 정신을 차렸는지 눈썹 위를 긁적거리면서 말했다.

"처, 처음 뵙겠습니다. 민준혁이라고 합니다."

그러자 백발마녀가 미심쩍은 눈으로 바라보다가 입을 열었다.

"상태가 하도 얘기해서 오라고는 했지만 해 줄 얘기가 별로 없어."

"괜찮습니다. 몇 가지만 여쭤 볼게요."

추리닝 주머니에서 작은 수첩과 볼펜을 꺼낸 준혁 아저씨가 백발마녀에게 물었다.

"박만술 씨가 실종된 걸 언제 아셨습니까?"

질문을 받은 백발마녀는 벽에 걸린 달력을 보면서 대답했다.

"언제더라. 지난주 토요일부터 안 보였어."

"그러니까 일주일 전부터 쭉 못 보신 거군요."

준혁 아저씨의 물음에 백발마녀가 고개를 끄덕거렸다.

"저기 산꼭대기에 있는 길림아파트에서 경비원으로 일했거든. 그날도 출근한다고 나가서는 안 돌아왔어."

"휴대폰은요?"

준혁 아저씨의 물음에 백발마녀는 담담하게 대답했다.

"아들 녀석이 몇 번 걸어 봤는데 꺼져 있다는 메시지만 들린대."

"혹시 박만술 씨가 사라지기 전에 이상한 모습을 보인 적은요? 뭔가에 쫓겨서 초조해하거나 아니면……."

"물에 물 탄 듯 술에 술 탄 듯 지내는 사람이라 그런 거 없었어."

백발마녀가 퉁명스럽게 대꾸하자 준혁 아저씨의 얼굴이 붉어졌다. 헛기침을 한 준혁 아저씨가 물었다.

"그런데 경찰에 실종 신고를 하지 않으신 겁니까?"

"해서 뭐하게? 어른이 제발로 나간 거는 실종이 아니라고 하더라. 동네 사람들이 수군거리는 것도 싫고."

백발마녀의 대답을 들은 준혁 아저씨가 다시 조심스럽게 물었다.

"아저씨가 로또를 자주 하셨나요?"

"말도 마. 매주 꼬박꼬박 만 원어치씩 샀어. 백구두 신고 다니는 거랑 로또 사는 게 유일한 낙이라고 해서 말리지도 못했어."

"당첨된 적은 없으시고요?"

너무 민감한 질문이라 조마조마했지만 백발마녀는 별다른 의심을 하지 않았다.

"무슨 복이 있다고 로또에 당첨이 되겠어. 5등인가 꼴등인가도 된 적이 없었지."

고개를 끄덕거린 준혁 아저씨가 나를 흘낏 한번 쳐다보고는 백발마녀에게 말했다.

"다음에 상태랑 같이 들를게요."

어설프게 인사를 한 준혁 아저씨가 문 쪽으로 걸어갔다. 뒤따라가려는 내게 백발마녀가 낮은 목소리로 물었다.

"저 사람 진짜 탐정 맞아? 생긴 거나 말하는 게 영 아닌 거 같은데?"

"원래 저러고 다녀요. 사람들을 방심하게 만들어서 중요한 걸 잡아채는 방식으로 수사를 해요."

대충 둘러대고 준혁 아저씨를 따라서 문구점 밖으로 나가려는데 때마침 누군가 문을 열고 들어섰다. 백발마녀의 아들 석훈 아저씨였다. 그런데 석훈 아저씨와 마주친 준혁 아저씨의 표정이 굳어졌다. 먼저 입을 연 것은 석훈 아저씨였다.

"준혁이 맞지? 여긴 어쩐 일이냐?"

"일이 좀 있어서. 넌 무슨 일로?"

"여기 우리 어머니 가게야."

그러다 석훈 아저씨가 뒤에 서 있는 나를 보고는 뒤늦게 왜 왔는지 알겠다는 듯 코웃음을 쳤다.

"저 꼬맹이가 부른다는 탐정이 바로 너였냐? 하긴 학교 다닐 때 추리소설에 푹 빠져 있긴 했지."

준혁 아저씨는 별다른 대구 없이 다음에 보자는 말을 남기고 석훈 아저씨를 지나쳤다. 문을 열려는 찰나, 석훈 아저씨가 말했다.

"아령은 일부러 떨어뜨린 게 아니야!"

그 얘기를 듣고는 밖으로 나가려던 준혁 아저씨가 흥미롭다는 표정으로 재차 물었다.

"아령?"

그러자 석훈 아저씨가 어머니인 백발마녀를 바라보면서 난처한 표정을 지었다.

"그 얘기 안 하셨어요?"

상황이 굉장히 어색하게 돌아갈 기미를 보이자 해결사인

내가 나섰다.

"말씀 안 하시려고 했는데 제가 캐물었어요."

내 얘기를 들은 석훈 아저씨가 어깨를 으쓱거렸다.

"진짜 일부러 그런 게 아니야. 아버지가 그날따라 잔소리를 좀 심하게 하셨어. 그래서 화가 나서 벽을 쳤는데 세워 놨던 아령이 아버지 발등에 떨어졌어."

"어느 쪽 발이었어요?"

내 물음에 석훈 아저씨는 잠시 생각하다가 오른발을 살짝 들었다.

"이쪽 발."

얘기를 들은 준혁 아저씨가 알겠다고 하고는 밖으로 나갔다. 눈치를 보던 나도 얼른 따라 나가는데 등 뒤에서 석훈 아저씨의 목소리가 들렸다.

"상태 너! 이걸로 외상값 퉁칠 생각하지 마. 어머니는 몰라도 나한테는 그런 거 안 통해!"

서둘러 뛰어나왔지만 문구점 밖에서 기다리고 있던 준혁 아저씨는 이미 다 들은 모양이었다.

"외상값?"

"그런 게 있어요. 아무튼 뭐 단서가 될 만한 게 있어요?"

내 물음에 준혁 아저씨는 고개를 저었다.

"증인들이 저렇게 비협조적으로 나오면 어렵지. 가족들이 별로 안 좋아했나 봐?"

"가장이 돈을 못 벌어 오는데 누가 좋아하겠어요."

내가 인상을 팍 쓰면서 얘기하자 준혁 아저씨가 혀를 끌끌 찼다.

"그래도 가장을 쓰레기 취급하면 콩가루 집안이 된다고."

"돈이 없어도 어차피 콩가루예요."

"쪼그만 게 어른 말에 꼬박꼬박 말대꾸야."

준혁 아저씨가 꿀밤을 때리는 시늉을 하자 재빨리 몇 발자국 떨어졌다. 모르면 함부로 말하지 말라고 되받아치고 싶었지만 사건을 해결해야 외상값을 퉁칠 수 있기 때문에 꾹참았다. 그러다 준혁 아저씨가 낯선 길로 가는 걸 보고는 물었다.

"어디 가는 거예요?"

"이쪽이 길림아파트로 가는 지름길이야. 내친김에 그쪽도 가 봐야지."

입이 찢어져라 하품을 한 준혁 아저씨가 두부 가게 앞을 지나 좁은 골목길로 들어서면서 물었다.

"외상값 얘기나 좀 해 봐라."

속으로 용케 들었다고 투덜거렸지만 어쩔 수 없었다.

"사실 이번 사건을 맡게 된 건 외상값 때문이었어요."

"외상? 요즘도 그런 걸 하니?"

"사실 거기에서 좀만 더 내려가면 더 좋은 문구점이 있긴 한데 굳이 거길 가는 건 외상이 가능했기 때문이죠."

"그리고 그 외상값이 엄청 밀렸고?"

고개를 끄덕거리는 것으로 퉁치려고 했지만 어림도 없었다. 결국 한숨과 함께 털어놨다.

"1학년 때부터 쌓인 외상값이 제법 돼요. 백발마녀만이라면 어떻게든 피해 다닐 텐데 석훈 아저씨 같은 미친개는 얘기가 틀려요."

석훈 아저씨 얘기가 나오자 준혁 아저씨가 키득거렸다.

"그 새끼는 학교 다닐 때도 꼴통으로 유명했어."

"카페를 하다가 말아먹고 문구점 일을 도와주면서 깔린 외상값 수거에 목숨을 거는 거예요. 그래서 백발마녀에게 아저씨의 행방을 찾아주면 그동안 밀린 외상값을 받지 않겠다는 구두계약을 체결했던 거죠."

"무슨 얘긴지 알겠어. 날 팔아먹은 건 괘씸하지만 그 녀석 골탕 먹이는 일이라면 얘기가 틀리지."

이제 내 외상값의 운명은 바보인지 천재인지 분간이 가지 않는 자칭 추리소설가이자 탐정인 민준혁 아저씨에게 달리게 되었다. 이런저런 얘기를 나누면서 걷는 사이 구불구불한 골목길이 끝나고 탁 트인 넓은 길과 교회가 보였다. 준혁 아저씨가 교회 앞 도로를 가로질러 길림아파트로 가는 골목으로 들어섰다. 전선들이 거미줄처럼 드리워진 골목길의 하늘 끝에 길림아파트가 보였다. 내가 다니는 중학교가 산 중턱을 깎아서 만들었다면 길림아파트는 그냥 산 위에 지은 아파트였다. 학교의 오르막길과는 비교도 안 될 급경사였기 때문에 아파트 정문에 도달했을 때에는 우리 둘 다 숨을 헐떡거려야만 했다. 겨우 숨을 고른 준혁 아저씨가 경비실 안을 살폈다. 아무도 없는 것을 본 얼굴에 실망감이 가득했다. 그걸 본 내가 물었다.

"관리 사무실에 가서 물어보면 되잖아요."

"경찰도 아니고 무작정 찾아가서 물어본다고 대답해 주겠어? 그런 건 드라마 작가들이 쓰기 귀찮아서 대충 쓰는 거라고."

"그럼 누구한테 물어보게요?"

내 물음에 준혁 아저씨는 대답 대신 주위를 둘러봤다. 그러다가 마침 양손에 쓰레기 봉지를 들고 나타난 경비 아저씨를 보고는 그쪽으로 달려갔다. 쓰레기를 내려놓고 허리춤을 주먹으로 토닥거리던 경비 아저씨 앞에 불쑥 다가간 준혁 아저씨는 넙죽 인사를 했다.

"아이고, 고생이 많으십니다."

편의점에서 사 온 캔커피와 담배를 가지고 경비실에 들어가자 두 사람이 앉아서 한창 얘기 중인 게 보였다. 준혁 아저씨는 담배를 책상 위에 슬쩍 올려놓고는 캔커피 뚜껑을 따서 건넸다. 얼굴에 주름살이 가득한 경비 아저씨가 겸연쩍게 웃었다.

"뭘 이런 걸 다."

"도와주시는데 이 정도는 해야죠."

뚜껑을 딴 캔커피를 건네받은 경비 아저씨가 물었다.

"그런데 채권추심회사면 머리 짧게 깎고 우락부락한 사람들이 몰려다니는 거 아닌가?"

경비 아저씨의 말에 준혁 아저씨가 과장스럽게 손사래를 쳤다.

"요즘이 어떤 세상인데요. 그리고 아직 돈을 빌려준 건 아니라 이렇게 주변 평판 같은 거 들어 보면서 대출 여부랑 금액을 결정하는 거죠."

캔커피를 한 모금 마신 경비 아저씨가 중얼거렸다.

"하긴, 세상이 달라지긴 했지. 아는 대로 답해 줄 테니 얘기해 봐."

"최근 박만술 씨가 이상한 행동이나 얘기를 한 적이 있습니까?"

"근무시간이 달라서 얘기를 길게 나눠 본 적이 없어. 그때 한쪽 다리를 절뚝거려서 물어봤더니 뭐가 발등에 떨어져서 다쳤다고 하더라고."

고의든 실수든 아령에 발을 다쳤다는 얘기가 사실인 것 같았다. 수첩 위에 볼펜으로 메모를 한 준혁 아저씨가 물었다.

"가족 말고 찾아온 사람들은요?"

질문을 받은 경비 아저씨는 길게 트림을 한 다음에 대답했다.

"누가 이 산꼭대기까지 찾아오겠어. 그러고 보니 피앙세인가 피존인가 하는 곳에서 외상값 때문에 찾아온 적이 있긴 했어."

경비 아저씨의 얘기에 준혁 아저씨가 눈을 껌뻑거리면서 물었다.

"피앙세는 뭐하는 곳인가요?"

"저기 다리 건너 시장 맞은편에 모텔이랑 술집 많이 있는 골목 있잖아. 거기 있는 술집이야. "

경비 아저씨의 비위를 적당히 맞추며 준혁 아저씨가 몇

가지를 더 물었지만 정작 중요한 건 물어보지 않았다. 이렇게 끝나면 안 될 것 같아서 가만히 듣고 있다가 피앙세에 대해서 물었다.

"외상을 줄 정도면 단골이었나 봐요?"

그러자 경비 아저씨가 뜨악한 눈으로 바라봤다. 준혁 아저씨가 겸연쩍은 말투로 얘기했다.

"조카애가 호기심이 많아서요. 저도 그걸 물어보려고 했습니다."

그러자 헛기침을 한 경비 아저씨가 대답했다.

"그래 보였어. 땅콩만 한 여자가 어찌나 들러붙는지 인수인계하러 들어왔다가 민망해서 죽을 뻔했어."

"무슨 얘기를 나눴는지 혹시 들으셨습니까?"

"외상값 얘기하다가 가게로 놀러 오라고 하니까 근무 끝나고 가겠다고 하는 걸 들었지."

"그게 언제였나요?"

경비 아저씨는 벽에 걸린 달력을 잠깐 쳐다보고 대답했다.

"주간 교대였으니까 지난주 토요일이었을 거야."

'지난주 토요일'이라는 말에 준혁 아저씨와 내 눈이 마주쳤다. 아까 백발마녀가 백구두 아저씨를 마지막으로 본 날짜와 같았기 때문이다. 수첩을 덮은 준혁 아저씨가 고맙다는 말을 남기고 일어났다. 그러면서 갑자기 생각났다는 표정으로 물었다.

"그런데 박만술 씨가 일주일이나 안 나왔는데 관리 사무소에서는 안 찾았나요?"

"찾긴 왜 찾아? 그날이 마지막 근무였는데."

우리 둘이 아무 말도 못하자 경비 아저씨는 경비실 문을 열면서 따라오라고 했다. 경비 아저씨가 우리를 데리고 간 곳은 아까 올라온 곳 반대쪽에 있는 또 다른 문이었다. 그곳에는 가드레일과 주차권 발행기처럼 생긴 것이 자리 잡고 있었다. 뭔가 어색하다 싶어서 바라보고 있는데 경비 아저씨의 목소리가 들렸다.

"자동 식별 시스템인가 뭔가가 들어오면서 정문 경비실을 없애 버렸어. 그 바람에 경비 여섯 중에 둘이 잘렸지. 후문도 그걸 들여놨으면 아마 나까지 잘렸을 텐데 거긴 급경사라 차들이 잘 안 올라온다고 해서 놔두는 바람에 살았지."

엘이디 같은 걸 붙여 놨는지 시뻘건 빛을 토해 내는 가드레일을 멍하게 바라보던 준혁 아저씨를 대신해서 내가 물었다.

"마지막에 다른 말씀은 없었나요?"

"뭔 말을 하겠어? 아! 이런 날 로또가 되면 정말 좋겠다는 말을 하긴 했지."

경비 아저씨는 잔기침 끝에 수고하라는 말을 남기고 사라져 버렸다.

"가자, 상태야."

준혁 아저씨와 마을버스를 타고 전철역에 있는 KFC로 가서 세일을 하는 타워버거와 콜라 하나를 시켰다. 반으로 커팅 된 타워버거를 단 두 입에 먹어 치운 준혁 아저씨가 입맛을 다시며 내 손에 든 타워버거를 바라봤다. 나는 슬쩍 몸을 틀어 타워버거를 세 번에 걸쳐 서둘러 먹어 치운 다음 입을 열었다.

"일단 가출보다는 타의에 의한 실종 같아요."

준혁 아저씨가 고개를 끄덕거렸다.

"가출해 봤자 갈 곳도 없고, 돈도 없었을 거고 말이야."

"사라질 이유가 없는데 사라졌다는 것도 마음에 걸려요. 만약 소문대로 로또 1등이 된 거라면 주변의 누군가가 그걸 노렸을 수도 있지 않을까요."

"만약에 말이야. 문구점 아저씨가 로또에 당첨됐다면 누가 그걸 알 수 있을까?"

"백발마녀랑 석훈 아저씨죠. 평생 제대로 돈 한번 못 벌어 보고 살다가 딱!, 로또 1등이 되어 버렸어요. 무슨 생각이 나겠어요?"

내 얘기를 들은 준혁 아저씨가 씩 웃었다.

"제법인데. 문제는 백발마녀가 이번 사건을 의뢰했다는 점이지. 내 생각에는 석훈이 녀석이 더 의심스러워."

학생들 사이에서 미친개라고 불리는 그 아저씨의 성질머리를 생각하면 충분히 가능하다 싶었다. 그러고 보니 두 사람 사이가 뭔가 불편해 보였다.

"그런데 고등학교 때 별로 안 친했나 봐요?"

콜라를 집어 들고 한 모금 빨면서 묻자 준혁 아저씨의 얼굴이 일그러졌다.

"2년 동안 같은 반이었어."

준혁 아저씨가 내가 들고 있던 콜라를 뺏어서 빨대로 쪽쪽 빨았다.

"그 새끼는 학교 다닐 때 나 같은 모범생을 괴롭히는 걸 인생의 낙으로 삼았지."

모범생이라는 말부터 검증해야 한다는 얘기를 겨우 참고는 콜라를 돌려받았지만 얼음만 남아서 달그락거리는 소리를 냈다.

"어쩌면 미친개가 욱하는 심정에 아저씨랑 싸우다가 사고를 치고 둘이서 같이 모른 척하며 수사를 의뢰했을 수도 있잖아요."

"내 생각도 같아. 일단 제일 유력한 용의자는 석훈이고, 그다음이 백발마녀야."

준혁 아저씨의 얘기에 뚜껑을 열고 얼음을 하나 입에 넣어 이리저리 굴리면서 말했다.

"그렇다면 우리한테 수사를 의뢰한 것도 어쩌면 주변 사람들의 눈을 의식한 것일 수도 있겠네요. 대부분의 사람들은 의뢰인을 의심하지는 않으니까 말이에요. 그렇긴 한데 너무 쉽잖아요."

"그렇긴 해."

알면 알수록 이상한 점이 많았다. 얼음이 녹아 맹탕이 되어 버린 콜라를 야금야금 마시면서 곰곰이 생각해 봤다. 집을 나가 봤자 노숙자 신세를 못 면할 사람이 가출을 감행했을 리는 없고, 정말 로또 1등이 돼서 집을 나가 버린 걸까? 아니면 그걸 눈치챈 가족의 손에 어디론가 사라진 것일까? 거기다 실종된 날 공교롭게도 경비에서 잘렸다는 점도 마음에 걸렸다. 준혁 아저씨도 같은 고민을 하고 있는 눈치였다. 그러다 아까 경비 아저씨 얘기가 떠올랐다.

"아까 경비 아저씨 얘기가 마지막 날 저녁에 피앙세에 들렀다고 했잖아요. 거길 조사해 봐야 하지 않을까요?"

"하긴, 실종되기 전 마지막으로 모습을 보인 곳이니까 말이야."

얘기를 나누는데 알 수 없는 서글픔이 밀려왔다. 한 사람이 사라졌는데 관심사는 온통 로또에 쏠려 있으니까 말이다.

"사람이 갑자기 사라졌는데도 가족들 말고는 다들 관심이 없네요. 로또 가지고 수군거리기나 하고 말이죠."

"넌 한 해에 얼마나 많은 어른들이 사라지는 줄 알아? 대한민국에서는 애들만 고달픈 게 아니다."

꼭 세상을 다 산 사람처럼 말해서 재수가 없긴 했지만 고개를 끄덕거리는 수밖에 없었다. 수첩을 주머니에 도로 집어넣은 준혁 아저씨가 말했다.

"일단 난 피앙세를 살펴볼 테니까 너는 학교 주변을 좀 더 탐문해 봐. 다음 주에 연락할게."

"네."

KFC를 나와서 집에 가는데 할머니에게 전화가 왔다.

"상태야. 라면 좀 사 와라. 소영이가 라면 먹고 싶단다."

"네."

집에 쌀이 떨어진 지 며칠 되었지만 동사무소에서 돈이 나오려면 다음 주까지 기다려야만 했다. 물론 할머니가 아버지에게 밥해 줄 쌀을 어딘가에 숨겨 놓았겠지만 모른 척했다. 주머니를 뒤지자 천 원짜리 한 장과 동전 몇 개가 나왔다. 아까 준혁 아저씨에게 수사비를 좀 달라고 할걸 하는 생각이 들었다. 동네 슈퍼에서 돈이 되는 대로 산 라면을 가지고 집에 들어갔다. 우리 가족이 사는 곳은 대문을 열고 빙 돌아가야 나오는 반지하다. 반지하답게 땅속으로 반쯤 들어가 있는 문을 열고 들어서자 소영이의 울음소리가 먼저 들렸다. 그 위로 할머니의 목소리가 들렸다. 무슨 상황인지 대충 짐작이 간 나는 서둘러 신발을 벗었다. 그리고 할머니가 든 파리채를 뺏었다.

"소영이 때리지 말라고 제가 몇 번이나 말씀드렸어요."

"저것이 자꾸 꼬집고 깨물어서 그런다."

성이 난 할머니가 팔뚝을 들이밀면서 소리쳤다. 벽을 등지고 쪼그리고 앉은 소영이가 펑펑 울면서 소리쳤다.

"할머니가 자꾸 나보고 같이 죽자고 했어. 나 죽기 싫단 말이야."

싱크대 안에 소주병이 보였다.

"제가 술 드시지 말라고 했잖아요."

"딱 한 잔 했어. 딱 한 잔."

이빨이 거의 없는 할머니의 말은 늘 축축했다. 문득 문구점 아저씨도 이런 상황 때문에 사라진 게 아닌가라는 생각이 들었다. 영원히 날 묶어 둘 것 같은 족쇄가 두렵고 무서워서 말이다. 그 생각을 하자 치밀어 오르던 화가 누그러졌다.

"소주 그냥 드시면 속 버려요. 라면 끓여 드릴 테니까 같이 드세요."

할머니는 대답 대신 안방으로 들어가 버렸다. 미안하거나 민망할 때 흔히 쓰는 방법이었다. 나는 여전히 울고 있는 소영이를 달래서 씻으라고 화장실에 들여보낸 다음 라면을 끓일 준비를 했다. 턱 막혀 오는 숨을 억지로 내뱉었다.

준혁 아저씨에게 전화가 온 것은 사흘 후 저녁이었다. 방과 후 수업까지 끝내고 가는 길이라 해가 떨어진 언덕길을 내려가던 참이었다.

"탐문 결과는 어때?"

때마침 문구점이 보여서 걸음을 멈추고 전봇대 앞에 서서 말했다.

"여기저기 알아봤는데 별다른 건 없어요."

"알았어. 이따가 피앙세에 갈 거니까 넌 밖에서 대기하고 있어."

"내가 왜요?"

"넌 영화도 안 보냐? 주인공이 위기에 처하면 나타나서 도와줘야 할 거 아니야?"

듣다 보니까 어이가 없어서 대충 알았다고 하고는 전화를 끊었다. 그때 내 앞에 커다란 그림자가 드리워졌다. 고개를 들자 미친개와 시선이 마주쳤다. 어정쩡하게 인사를 하고 돌아가려는데 싸늘한 말과 함께 솥뚜껑 같은 손이 뒷덜미를 움켜잡았다.

"상태야. 잠깐 나 좀 보자."

그러고는 반항할 사이도 없이 문구점 안으로 끌려들어가고 말았다. 문을 쾅 닫은 석훈 아저씨가 눈을 부라렸다.

"네가 동네에 이상한 소문을 퍼트리고 다닌다며?"

"제, 제가 언제요?"

깜짝 놀란 표정으로 대꾸했지만 월요일부터 학교 앞을 돌아다니면서 이것저것 캐물었던 건 사실이었다. 석훈 아저씨는 부리부리한 눈으로 쏘아보면서 말했다.

"언제긴, 내가 모를 줄 알았냐? 나랑 엄마랑 짜고 아버지를 어떻게 했다고? 나 참, 어이가 없어서."

도망칠까 아니면 무릎을 꿇고 빌까 고민했다. 하지만 석훈 아저씨가 문 앞을 막고 있어서 탈출은 불가능했다. 씩씩거리는 것으로 봐서 용서해 달라는 말은 씨도 먹힐 것 같지 않았다. 결국 마지막 남은 방법을 택했다.

"사실은 준혁 아저씨가 시켰어요."

"그럴 줄 알았어. 그 새끼는 학교 다닐 때부터 그랬다니까."

이 자리를 모면하기 위해 던진 얘기지만 생각보다 쉽게 넘어간 걸 보면 진짜 사이가 안 좋긴 안 좋았던 모양이다. 한숨 돌렸다고 생각하는데 석훈 아저씨가 주머니에서 휴대폰을 꺼내 드는 걸 보고는 기겁했다. 만약 이 자리에서 두 사람이 통화해 내 얘기가 거짓말이라는 게 밝혀지면 곱빼기로 당할 게 틀림없었다. 나는 황급히 말했다.

"저기 지금, 수사 중이라서 전화를 안 받을 거예요."

"수사? 애들도 아니고 무슨 탐정놀이야."

"피앙세라는 술집에 간다고 했어요. 거기 가서 얘기하는 게 어때요?"

일단 여기를 빠져나가야 한다는 생각에 다급하게 말했다. 잠깐 고민하던 석훈 아저씨가 휴대폰을 도로 주머니에 넣으면서 말했다.

"앞장서."

피앙세라는 간판은 네온사인이 고장 나서 '피아세'라는 글씨만 반짝거렸다. 그 거리에 있는 정체불명의 다른 술집들처럼 유리창이 없었고, 손으로 메뉴를 적은 종이가 문에 더덕더덕 붙어 있었다. 원래부터 사람들이 오가지 않던 거리는 어둠이 내리면서 인적이 거의 끊겼다.

피앙세가 보이는 세븐 일레븐에서 석훈 아저씨는 맥주 한 캔을 사 마셨다. 맥주를 비우고 세븐 일레븐 밖으로 나온 다음에는 담배를 피우면서 피앙세를 바라봤다.

잠시 후, 피앙세의 문이 열렸다. 준혁 아저씨가 약간 비틀거리면서 밖으로 나왔고, 두 여인이 뒤따라 나왔다. 큼지막한 꽃이 새겨진 푸른색 원피스 차림의 땅딸막한 아줌마와 황색 스웨터에 주름치마라는 안 어울리는 조합의 옷을 입은 키 큰 아줌마였다. 원피스 차림의 땅딸막한 아줌마가 길림 아파트의 경비 아저씨가 얘기한 그 사람 같았다. 땅콩 아줌마가 팔을 잡고 끌어당기자 준혁 아저씨가 휘청거렸다. 그러다가 겨우 팔을 빼내는 데 성공했다. 황색 스웨터를 입은 키 큰 아줌마가 땅콩 아줌마 뒤에 서서 손을 흔들며 뭐라고 외치는 게 들렸다.

준혁 아저씨가 연신 고개를 숙여 인사를 하면서 발걸음을 빨리하는 게 보였다.

두 아줌마들이 들어가고 피앙세의 문이 닫히자 한숨을 쉰 준혁 아저씨가 이쪽으로 걸어오다가 편의점 앞에 서 있는 나를 발견하고는 환하게 웃었다. 그러다가 내 옆에 서 있는 석훈 아저씨를 발견하고는 그대로 굳어져 버렸다. 빈 맥주 캔을 구겨서 바닥에 버린 석훈 아저씨가 얼음처럼 굳어 있는 준혁 아저씨에게 다가갔다. 그리고 별 말 없이 팔을 움켜잡고는 바로 옆 골목으로 끌고 갔다.

졸지에 혼자가 된 나는 잠시 주저하다가 그쪽으로 따라갔다.

두 사람이 겨우 들어갈 만한 좁은 골목 중간 즈음에 준혁 아저씨와 석훈 아저씨가 보였다. 간간이 말소리가 들렸는데 서로 기분 좋게 말하는 것 같지는 않았다.

나는 골목길 어귀에 숨어서 휴대폰을 꺼내 들었다. 그런데 갑자기 둘 사이에 몸싸움이 벌어졌다. 아니, 몸싸움이라고 부르기 민망할 정도로 일방적이었다. 쓰러진 준혁 아저씨를 발로 걷어찬 석훈 아저씨의 목소리가 들렸다.

"한 번만 더 이상한 짓 하면 그땐 정말 가만 안 놔 둔다!"

쓰러진 준혁 아저씨가 별 대꾸를 못하는 사이 석훈 아저씨가 돌아섰다. 나는 얼른 휴대폰을 집어넣고 돌아섰다. 다행히 할 일을 마친 석훈 아저씨는 내 존재를 까맣게 잊어버렸는지 그대로 사라져 버렸다. 보이지 않을 때까지 기다렸다가 골목길 안으로 들어가자 준혁 아저씨가 신음 소리를 내면서 몸을 일으키는 게 보였다. 나 때문에 두들겨 맞은 게 미안해서 진심을 담아 말했다.

"괜찮아요?"

"탐정이 위기에 처하면 조수가 도와야 할 거 아니야?"

다행스럽게도 석훈 아저씨가 어떻게 이곳에 나타났는지 신경 쓰지 않는 듯했다. 속으로 안도의 한숨을 쉬고는 주머니에서 휴대폰을 꺼냈다.

"나 같은 애가 끼어든다고 얼마나 도울 수 있겠어요. 대신 증거를 확보했어요."

"증거?"

준혁 아저씨의 물음에 나는 대답 대신 휴대폰으로 촬영한 동영상을 보여 줬다. 밤중인데다가 좀 떨어져 있었지만 다행히 가로등이 있어서 두 사람의 얼굴을 알아보는 데는 별 문제가 없었다. 그걸 본 준혁 아저씨가 씩 웃었다.

"잘했어. 이걸로 확실한 증거를 잡을 수 있을 것 같아."

"이걸로요?"

어리둥절해하는 내 물음에 준혁 아저씨는 옷에 묻은 흙을 툭툭 털면서 의미심장한 미소를 지었다.

"내일 학교 끝나고 문구점으로 와. 그 동영상은 내 휴대폰으로 전송해 주고."

다음 날, 문구점에 조심스럽게 들어서자 준혁 아저씨가 백발마녀와 얘기를 나누고 있는 게 보였다. 그리고 그 옆에는 어제 기세등등했던 모습과는 달리 풀이 죽어 있는 석훈 아저씨가 서 있었다. 백발마녀는 연신 석훈 아저씨 등짝을 때리면서 한탄을 했다.

"아이고, 이놈아. 나이 처먹고 뭔 짓이야?"

그 뒤로도 콩밥을 먹여야 하느니 감방에 가서 푹 썩다 오라느니 하는 백발마녀의 저주 같은 악담이 이어졌다.

결국 어머니의 눈물과 타박에 못 이긴 석훈 아저씨가 준혁 아저씨에게 고개 숙이고 사과하는 것으로 이어졌다.

의기양양한 표정을 지은 준혁 아저씨가 백발마녀에게 말했다.

"이 폭행 사건을 고소하지 않는 대신 조건이 있습니다."

두 사람의 뜨악한 표정을 보니까 돈을 요구하려는 걸로 안 모양이었다. 사실 나도 그렇게 생각했지만 준혁 아저씨 입에서는 전혀 뜻밖의 얘기가 나왔다.

"지금 경찰에 전화해서 박만술 씨 실종 신고를 하세요."

그러자 백발마녀가 주저하는 목소리로 물었다.

"겨, 경찰에 신고하라고?"

"네. 아저씨를 찾으려면 그 방법밖에는 없어요. 제가 아는 형사 연락처 알려 줄게요. 거기 전화해서 실종 신고를 하시고, 형사가 찾아오면 저랑 만나게 해 주세요."

백발마녀는 마지못한 표정으로 그렇게 하겠다고 대답했다. 몇 번이나 다짐을 받은 준혁 아저씨가 문구점을 나왔다. 나는 양쪽의 눈치를 살피다가 뒤따라 나왔다.

"왜 신고하라고 한 거예요?"

"실종은 직계가족이 해야지 접수가 되거든."

당연한 것 아니냐는 준혁 아저씨의 얘기를 듣고 김이 팍 새 버렸다.

"원래 경찰이 나서기 전에 탐정이 해결해야 하잖아요."

"이번 일은 공권력이 필요해."

알쏭달쏭한 얘기를 남겨 놓은 준혁 아저씨는 어머니 심부름으로 두부랑 계란을 사야 한다면서 시장 쪽으로 발걸음을 돌렸다.

형사가 왔으니까 문구점으로 오라는 연락을 받은 것은 이틀 후였다. 조심스럽게 문을 열고 들어서자 덩치 큰 두 사람이 준혁 아저씨와 석훈 아저씨, 그리고 백발마녀와 얘기를 나누는 게 보였다. 낯선 두 사람은 예전에 미아공 사건 때 준혁 아저씨를 끌고 갔던 형사들이었다.

준혁 아저씨는 그 두 명을 깍두기라는 별명으로 불렀고, 별명답게 둘 다 머리가 아주 짧았다. 생김새도 비슷해서 쌍둥이 같은 분위기를 풍겼는데 약간 나이가 든 한 명은 배가 좀 나와서 배불뚝이라고 불렀고, 좀 더 젊은 쪽은 코가 꼭 홍콩 배우 성룡을 닮아서 성룡이라고 이름을 붙였다. 두 사람 앞에는 캔커피가 하나씩 놓여 있었다. 내 등장으로 잠시 끊어졌던 얘기는 다시 이어졌다. 준혁 아저씨가 방금 얘기를 마쳤는지 성룡이 물었다.

"그러니까 민준혁 씨 얘기는 피앙세의 두 사람이 의심스럽다 이 말인가요?"

이건 또 무슨 엉뚱한 얘기인가 싶어서 냉큼 귀를 기울였다. 준혁 아저씨는 깍두기들, 아니 형사들에게 침을 튀기면서 설명을 했다.

"일단 박만술 씨가 실종되기 전에 마지막으로 확인된 곳이 바로 거깁니다. 그래서 제가 손님으로 가장해 거길 들어가 봤습니다."

준혁 아저씨는 휴대폰 속 사진을 두 형사들에게 보여 주면서 설명을 이어갔다.

"가게인지 쓰레기장인지 분간이 안 갈 정도로 지저분했는데 딱 한 곳만 깨끗했어요. 여기 보이시죠?"

두 깍두기들이 머리를 나란히 하고 휴대폰의 사진을 들여다봤다. 그리고 나한테 넘겨줬다. 어두운 곳을 찍어서 제대로 보이지 않았지만 대충 준혁 아저씨의 말이 맞는 것 같았다. 바닥은 쓰레기들이 널려 있었고, 테이블과 카운터도 지저분했다. 두 깍두기들이 관심을 보이자 준혁 아저씨의 목소리가 높아졌다.

"거기다 화장실 쓰레기통에서 제가 뭘 발견했는지 아세요? 바로 찢어진 로또 조각이었습니다. 피앙세의 두 여자는 아마 가게에서 박만술 씨와 함께 로또 추첨 방송을 봤을 겁니다."

두 깍두기들이 무덤덤한 표정으로 바라보자 준혁 아저씨는 양손을 청바지 주머니에 찔러 넣은 채 의기양양하게 말했다.

"그러니까 박만술 씨는 문제의 토요일 날 저녁에 피앙세에 들른 겁니다. 그리고 로또 추첨 방송을 보면서 자기가 산 로또를 맞춘 거죠. 그러다가 1등이 된 걸 확인하고 좋아했는데 그걸 본 피앙세의 두 여자가 박만술 씨를 죽이고 로또를 빼앗은 겁니다."

마치 판결을 내리는 것 같은 준혁 아저씨의 말에 백발마녀와 석훈 아저씨는 뜨악한 표정으로 바라봤다. 두 깍두기들은 말없이 바라보다가 누가 먼저랄 것도 없이 웃음을 터 트렸다. 한참을 웃던 두 깍두기 중 배불뚝이가 말했다.

"민준혁 씨 가설이 맞으려면 두 가지 전제 조건이 있어야 합니다. 하나는 박만술 씨가 지난주, 아니 지지난주 로또에 당첨되었어야 한다는 것, 그리고 피앙세에서 나오는 것이 확인되지 않아야 한다는 겁니다. 사실 박만술씨의 실종은 경찰서에서 수사가 진행 중이었습니다."

이번에는 배불뚝이의 말에 다들 뜨악한 표정을 지었다. 배불뚝이가 말을 이어 갔다.

"농협 본사에 지지난주 로또 당첨자를 문의했습니다. 로또 1등에 당첨된 사람은 7명이었고, 모두 당첨금을 수령해 갔고, 그중에 박만술씨나 피앙세의 아줌마들은 없었습니다. 그리고 피앙세에 그날 저녁까지 있었던 건 사실이지만 곧 그곳을 나왔습니다. 골목길에 설치된 CCTV랑 주차된 차량의 블랙박스로 확인했습니다."

얘기를 마친 배불뚝이가 성룡을 바라봤다. 그러자 성룡이 재킷 안주머니에서 네 조각으로 접힌 A4용지를 꺼내어 펼쳤다. 나까지 네 명의 머리가 종이 위에 모였다.

각도로 봐서는 자동차의 블랙박스에서 촬영한 화면을 프린트한 듯한데, 피앙세의 문을 열고 나온 남자가 골목길을 걸어가는 모습이 담겨 있었다.

흑백에 저화질이라 얼굴을 알아볼 수는 없었지만 성인 남자라는 사실은 어렵지 않게 알아볼 수 있었다. 사진을 들여다보던 내가 물었다.

"얼굴이 안 나왔는데요?"

배불뚝이는 호기심 어린 눈길로, 성룡은 짜증이 섞인 시선으로 바라봤다. 성룡이 입술을 실룩거리며 물었다.

"넌 또 누구냐?"

"요 앞 중학교에 다니는 안상태예요."

그러자 준혁 아저씨가 재빨리 끼어들었다.

"제 조수입니다. 그리고 저도 같은 걸 물어보려고 했습니다."

고개를 절레절레 흔든 성룡이 입을 열었다.

"거참, CCTV나 블랙박스가 화질 좋은 것 봤습니까? 한밤중에 가로등도 없는 골목길에 이 정도만 해도 과분하죠. 여기 감색 점퍼에 챙이 달린 등산 모자를 쓴 거 보입니까? 박만술 씨가 길림아파트로 출근할 때 입던 복장입니다. 아주머니, 맞죠?"

갑작스러운 질문에 백발마녀는 마치 신들린 것 같은 표정으로 고개를 끄덕거렸다.

"네. 보통 그 복장으로 출근을 해요."

백발마녀의 대답을 들은 성룡이 입을 열었다.

"박만술 씨는 토요일 밤 9시 28분에 피앙세에서 멀쩡하게 두 발로 걸어 나왔습니다."

성룡의 얘기를 들은 백발마녀가 떨리는 목소리로 물었다.

"그래서 어디로 갔습니까? 형사님."

그러자 캔커피를 한 모금 마신 성룡이 대답했다.

"지하철역으로 들어간 것까지 확인했습니다. 누군가에게 끌려간 게 아니고 자기 발로 걸어서 간 거였으니까 납치당한 걸로 보기에도 무립니다. 경비에서도 잘리고 로또도 꽝이 되니까 술김에 어디 멀리 바람이라도 쐬러 간 모양입니다."

성룡의 얘기를 듣고는 속으로 무슨 바람을 열흘 넘게 쐬느냐고 생각했지만 차마 입 밖으로는 내뱉지 못했다. 형사들의 폭탄 발언으로 문구점 안 분위기는 패닉 상태였다. 준혁 아저씨는 자신의 추리가 빗나갔다는 데 충격을 받았고, 백발마녀와 석훈 아저씨는 백구두가 말도 없이 가출했다는 데 쇼크를 받은 눈치였다.

나는 지금까지 시간을 쏟아 부었던 게 쓸모가 없어졌다는 것에 짜증이 났지만 분위기가 분위기인 만큼 주눅 든 어린 학생인 척했다.

네 명이 허망한 눈으로 바라보고 있던 A4용지를 낚아채서 재킷 안주머니에 집어넣은 성룡이 말했다.

"영화나 드라마 보면 경찰이 바보 멍청이처럼 나오죠. 그런데 그걸 믿는 사람이 진짜 멍청이라고요. 그리고 아저씨."

성룡의 시선을 받은 준혁 아저씨가 떨떠름한 표정으로 대답했다.

"네."

"탐정놀이 하는 건 좋은데 경찰을 이렇게 쓰시면 안 됩니다. 이번에는 그냥 넘어가는데 다음번에 이러면 정말 곤란합니다. 아시겠어요?"

놀란 준혁 아저씨는 대답도 잊어버린 채 불쌍하게 눈만 껌뻑거렸다. 두 깍두기들은 캔커피를 들고 문 쪽으로 향했다. 나름 고생한 결과가 너무 허무하게 끝났다는 생각, 그리고 문구점 아저씨의 행방을 찾아주는 조건으로 이 문구점에 있는 외상값을 지우기로 했던 계약이 물거품이 되었다는 사실에 어깨가 축 늘어졌다. 박만술 아저씨는 죽은 게 아니라 두 발로 멀쩡하게 걸어서 피앙세를 나가 어디론가 떠난 것이다. 두 발로 멀쩡히……

"잠깐만요."

내가 갑자기 손을 들고 외치자 막 문구점 밖으로 나가려던 두 깍두기들이 약속이나 한 듯 돌아봤다.

성룡이 귀찮다는 표정으로 말했다.

"뭔데?"

"피앙세를 나온 박만술 씨가 두 발로 멀쩡하게 걸어갔나요?"

뜻밖의 질문에 성룡과 배불뚝이는 서로의 얼굴을 바라봤다.

"만약 두 발로 멀쩡하게 걸어갔다면 그 사람은 박만술 씨가 아닙니다. 왜냐하면."

마른침을 삼킨 나는 문구점 한쪽 벽에 뿌옇게 먼지를 뒤집어쓰고 있는 아령을 힐끔 바라봤다.

"박만술 씨는 실종된 날 아침, 아령에 한쪽 발을 찧었거든요. 길림아파트 경비실에 가서 확인했을 때에도 한쪽 발을 절룩거렸다는 증언을 분명하게 들었어요."

내 얘기를 들은 배불뚝이가 성룡의 팔을 툭 쳤다.

"지금 이 얘기 확인해 봤어?"

이번에는 성룡이 아무 대답도 못하고 눈만 껌뻑거렸다. 뒤에 서 있던 준혁 아저씨가 외쳤다.

"제 조수입니다!"

단언컨대 그 골목길에 그렇게 사람이 많이 모인 적은 한 번도 없었을 것이다. 의경들이 출입금지라는 글씨가 적힌 노란색 테이프로 피앙세 앞을 막았지만 좁은 골목길이라 코 앞에서 볼 수 있었다. 피앙세의 두 여자는 수갑이 채워진 채 형사들이 타고 온 승합차에 태워졌다. 그리고 운전석 문짝에 과학수사라는 글씨가 박힌 승합차가 골목길 안으로 들어섰다.

"정말 CSI네"

배불뚝이가 의경들에게 소리쳤다.

"그쪽으로 감식차 들어올 자리 만들어!"

그러자 의경들이 구경꾼들을 밀어내고 자리를 확보했다. 꽁무니를 피앙세 쪽에 대고 멈춰 선 감식차에서 푸른색 비닐 옷을 뒤집어쓰고 비닐 신발을 신은 과학수사 요원들이 가방을 들고 피앙세 안으로 들어갔다. 나와 준혁 아저씨는 말없이 그 모습을 지켜봤다. 얼마나 지났을까? 과학수사 요원 한 명이 밖으로 나와서 배불뚝이에게 다가갔다. 바로 앞에 있어서 두 사람의 얘기를 확실히 들을 수 있었다.

"얘기한 장소에 루미놀을 뿌렸더니 확실히 흔적이 나왔습니다."

둘 사이의 대화는 더 오고 갔지만 처음 듣는 복잡한 용어와 은어 들이 나와서 좀처럼 알아들을 수가 없었다. 그사이, 피앙세의 두 여자가 탄 승합차에서 내린 성룡이 배불뚝이에게 다가왔다. 수첩으로 입을 가린 채 말했지만 지하실이라는 말은 또렷하게 들렸다. 배불뚝이와 성룡이 피앙세가 있는 건물 뒤쪽으로 돌아갔다. 그리고 잠시 후에 들것을 가져오라는 외침이 들렸다. 그 얘기를 들은 준혁 아저씨가 코딱지를 후비면서 중얼거렸다.

"시체가 발견된 모양이네."

주머니에서 휴대폰을 꺼낸 준혁 아저씨가 석훈 아저씨에게 전화를 거는 사이 들것에 뭔가가 실려 나왔다. 모포가 씌워져 있었지만 검정색 비닐 봉투에 꽁꽁 싸매어 있다는 걸알 수 있었다. 바짝 얼어 버린 내 귀에 준혁 아저씨가 통화하는 목소리가 들려왔다.

"석훈이니? 어머니는 좀 어때? 방금 피앙세 지하에서 뭔가 발견되었어. 아마도 네 아버지 같다."

백발마녀는 어제 병원에 실려 갔다. 그리고 석훈 아저씨는 간병을 하느라 현장에 와 보지 못했고, 대신 준혁 아저씨가 소식을 전해 주기로 한 것이다. 통화를 끝낸 준혁 아저씨가 내 어깨에 손을 얹었다.

"가다가 병원에나 들르자. 아줌마가 너한테 할 얘기가 있 대."

"네."

"그리고 이번 사건은 네 덕분에 해결했다."

이 아저씨가 웬일인가 싶어서 바라보자 씩 웃었다.

"네가 피앙세에 가 보라고 하지 않았으면 단서를 찾을 수 없었을 거야. 안 그러면 백발마녀랑 미친개만 의심하고 말 았을걸."

"알아줘서 고마워요."

피앙세의 두 여자와 박만술 씨의 시신, 그리고 형사들을 실은 승합차들이 차례로 골목길을 빠져나갔다. 흥미진진한 눈으로 구경하던 구경꾼들은 이제 삼삼오오 모여서 얘기를 주고받았다.

우린 시장 바닥으로 변한 그곳을 빠져나와 백발마녀가 입 원한 병원으로 향했다. 병원에 입원한 백발마녀는 십 년은 늙어 버린 것 같았다. 백발마녀는 모기만 한 목소리로 고맙 다면서 외상값은 갚지 않아도 된다고 말했다. 그 얘기를 듣 는 순간, 안도감보다는 슬픔이 느껴졌다. 마치 유언처럼 들 렸기 때문이다. 준혁 아저씨와도 몇 마디 얘기를 나눈 백발마녀는 곧 잠이 들었다. 슬리퍼를 신은 석훈 아저씨가 병실 밖까지 우리들을 배웅해 줬다.

　며칠 후, 준혁 아저씨와 함께 증언을 하기 위해 경찰서에 갔다가 배불뚝이에게 사건에 대해서 상세하게 들었다. 배불뚝이는 우리를 편하게 생각했는지 말을 놓기 시작했다. 한 사람의 죽음이라는 참혹한 결과를 낳은 사건이 발생하게 된 원인은 어처구니없게도 사소한 오해와 말다툼 때문이었다.

　"그러니까 술에 취한 박만술 씨가 로또 1등이 되었다고 떠드니까 두 여자가 진짜인 줄 알고 뺏으려다가 일이 났다 이거군요?"

　준혁 아저씨의 물음에 배불뚝이가 고개를 끄덕거렸다.

　"두 여자 모두 죽일 의도는 없었고, 로또를 가지고 몸싸움을 하다가 박만술 씨가 뒤로 넘어지면서 죽었다고 진술하고 있어."

　"그런데 왜 시체를 비닐에 둘둘 싸서 지하실에 숨겨 놨답니까?"

　준혁 아저씨의 물음에 배불뚝이가 배 위에 팔짱을 걸친 채 대답했다.

"무서워서 그랬다고는 하는데 일단 시신을 숨겨 놓고 당첨금을 타려고 한 것 같아. 피앙세도 장사가 안 돼서 몇 달째 월세를 못 내고 있는 형편이라 두 여자도 속이 탈 대로 타고 있었거든."

배불뚝이의 얘기를 듣고는 비로소 어떻게 되었는지 알 것 같았다.

"그런 판국에 박만술 씨가 로또 1등에 당첨되었다고 하니까 욕심이 났고, 그게 살인으로 이어진 거네요."

배불뚝이는 제법이라는 표정을 지으면서 대답했다.

"그렇지. 결국 돈이 사람을 죽인 거야."

"그런데 박만술 씨는 왜 로또 1등에 당첨됐다고 거짓말을 한 거죠?"

그 물음은 배불뚝이 대신 준혁 아저씨가 대신 해 줬다.

"경비 일은 잘리게 되었는데 외상값 갚으라고 찾아왔으니 그 아저씨도 짜증이 났을 거야. 그러다가 로또 추첨 방송을 보면서 안절부절못하는 두 여자를 보니 놀려 주고 싶기도 했겠지. 아니면 진짜로 로또 1등에 당첨되었다고 믿었을지도 모르고 말이야."

배불뚝이도 같은 생각이라는 듯 고개를 끄덕거렸다.

"박만술 씨로 변장을 하고 피앙세를 나오는 것처럼 꾸민 건 아직 누구 아이디어였는지 확인하지 못했어. 어쨌든 두 여자 모두 그 동네에서 꽤 오랫동안 장사를 해서 골목길의 CCTV가 어디 있는지 잘 알고 있었어. 덩치가 비슷한 한영숙이 박만술 씨의 옷과 모자를 쓰고 피앙세를 나왔고, 전철역까지 걸어가서 우리 눈을 속인 거야."

"그리고 박만술 씨가 가지고 있던 로또의 번호를 맞춰 보고는 속았다는 걸 알았겠네요."

듣고 있던 내가 또 끼어들자 배불뚝이가 대답했다.

"이미 때는 늦은 상황이라 가게를 완전 헐값에 내놓고 짐을 꾸리는 중이었어. 아마 멀리 도망쳐서 숨어 살려고 했겠지. 아무튼 재수가 없으면 뒤로 넘어져도 코가 깨진다더니 죽은 박만술 씨나 피앙세의 두 아줌마가 딱 그 꼴이지."

얼굴을 찡그린 준혁 아저씨가 의자에서 일어나면서 중얼거렸다.

"너무 허무해서 추리소설로 쓰면 틀림없이 재미없다고 할 것 같네요."

그러자 배불뚝이가 배에 올려두고 있던 팔짱을 풀면서 말했다.

"그런 게 인생이지. 참, 내가 젊었을 때 글 좀 썼다고 말했던가?"

"다음에 한번 보여 주세요."

조커 같은 미소를 지은 준혁 아저씨가 서둘러 일어났다. 얘기를 듣던 나도 뒤따라 일어나서 복도로 나왔다. 넓은 복도에는 제복을 입은 경찰과 사복의 형사 들, 그리고 그들에게 끌려가는 범죄자들과 울상을 한 채 발걸음을 재촉하는 피해자들이 보였다. 머릿속에는 그런 게 인생이라는 배불뚝이의 말이 떠나지 않았다.

과연 그런 게 인생일까? 진짜? 어른이 된다는 건 시시하고 어이없는 세계로 기꺼이 들어가는 일인 건가?

형광등을 절반밖에 켜 놓지 않아서 경찰서 복도는 어두컴컴했지만 바깥은 화창했다. 그 뜨거운 햇살에 적응하느라 계단 앞에 서 있는데 뒤따라 나오던 준혁 아저씨가 내 머리를 마구 헝클어 버리면서 말했다.

"제법이었어, 조수."

머리를 건드리지 말라고 말하기 위해서 고개를 드는데 준혁 아저씨가 다른 손에 뭔가를 들고 있는 게 보였다. 내가 눈을 깜빡거리자 준혁 아저씨가 씩 웃었다.

"이건!"

"그래. 네 명함이다."

신이 나서 플라스틱 케이스를 열자 새하얀 종이에 개봉동 소년 특공대 대장 안상태라는 이름이 적혀 있는 게 보였다.

고맙다는 얘기를 하기 위해 고개를 들자 준혁 아저씨가 나를 향해 웃고 있었다.

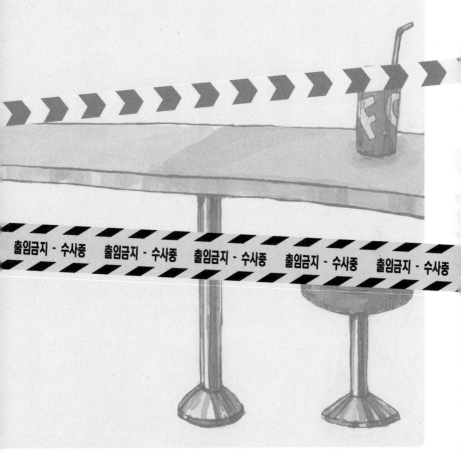

죽음의 캠프

출입금지 - 수사중   출입금지 - 수사중   출입금지 - 수사중   출입금지 - 수사중   출입금지 - 수사중

　　　　　아침에 일을 나가시던 어머니가 한마
디 툭 던졌다.

"오늘 오후에 전화 올 거다. 돈 되는 일이니까 폼 재지 말
고 그냥 하겠다고 해."

기다리던 전화는 추리소설의 시놉시스를 구상하면서 시
간을 보내던 오후 3시 무렵에 왔다. 간단히 인사를 나누고
만날 약속을 잡기 위해 탁상달력을 들여다보다가 상대방의
얘기를 듣고 깜짝 놀랐다.

"근처에 오셨다고요?"

바로 옷을 챙겨 입고 대문 밖을 나섰다. 한여름이라 그런

지 햇살에 온몸이 녹아내릴 것 같았다. 약속 장소는 동네 마을버스 정류장 근처에 새로 생긴 카페였다. 멋들어진 인테리어가 이 동네와는 어울리지 않았다. 문을 열고 들어서자 고개를 숙인 채 휴대폰을 들여다보고 있던 여자 아르바이트생의 목소리가 들렸다.

"어서 오세요. 카페 요거매니아입니다."

통화만 했던 상태라 얼굴을 알아볼 수 없었지만 카페 안에 손님이 딱 한 명만 있어서 금방 찾을 수 있었다. 상대방도 두리번거리는 나를 보고는 알은체를 했다.

"민준혁 씨죠? 전화드렸던 우형수입니다."

나는 악수를 하면서 재빨리 상대방을 스캔했다. 나이는 30대 후반에서 40대 초반 정도로, 스파이더맨의 거미줄보다 더 촘촘한 어머니의 인맥 어딘가에 위치한 인물이었다. 하얗고 혈색이 좋은 통통한 얼굴에 검은색 사각 뿔테 안경을 쓰고 있었다. 어딘가 모르게 부잣집 막내아들 같은 인상이었다. 양복을 입고 있고 넥타이핀까지 했는데 아주 자연스러운 걸 보면 사무직이나 영업직으로 꽤 오랫동안 일을 한 것 같았다. 그리고 마지막으로 주말인데도 전화를 하고 내가 있는 동네까지 찾아온 데에서 굉장히 다급한 일이라는 짐작도 해볼 수 있었다. 인사를 한 우 사장이 미리 꺼내 놓은 명함을 건넸다. 명함에는 진심가발이라는 업체 이름과 연락처가 적혀 있었다. 우 사장이 명함을 보고 있는 내게 물었다.

"뭘 드시겠습니까?"

햄이 들어간 토스트를 비롯해서 먹고 싶은 게 굉장히 많았지만 초면이라 체면을 차려야겠다는 생각에 그냥 아메리카노를 주문했다. 원래 셀프로 주문해야 했지만 카페가 작아서 바로 주문을 할 수 있었다. 주문을 받고 휴대폰에서 눈을 뗀 여자 아르바이트생이 그라인더를 돌리자 조용한 카페 안에 굉음이 울려 퍼졌다. 일단 커피를 기다리면서 텀블러와 포장된 원두커피 들이 진열된 진열장을 물끄러미 바라봤다. 동네에서 오랫동안 살아왔고, 어머니가 마당발인 탓에 추리소설가이자 탐정인 나에게는 이런저런 의뢰가 들어왔다. 대부분 집 나간 개나 고양이를 찾아 달라는 것 아니면 애인의 뒷조사를 부탁하는 것들이었다. 그러면 비공식적으로 영업하는 흥신소 연락처를 알려 주는 것으로 대답을 대신했다. 하지만 이번 일은 어머니가 직접 부탁을 받아서 거절하기가 굉장히 애매했다. 거기다 전화로 대충 들은 내용도 구미가 당겼다. 의뢰인이 먼저 입을 열기를 기다린다는 철칙을 지키느라 궁금한 게 많았지만 꾹 참았다. 상대방도 날씨 얘기랑 동네 얘기를 하면서 시간을 끌었다. 그러다 커피가 앞에 놓인 다음에야 입을 열었다.

"전화로 말씀드렸다시피 저는 가발 업체와 탈모 관리 업체를 같이 운영하고 있습니다."

그 얘기를 듣자마자 자연스럽게 내 시선은 그의 머리로 향했다. 자연스럽게 자란 풍성한 머리카락이었다. 내 시선을 눈치챈 우 사장이 씩 웃었다.

"물론 저도 탈모인입니다. 머리에 쓴 건 가발이고요."

"정말이요? 굉장히 자연스럽네요?"

예전에 직장을 다닐 때 바로 위 사수가 대머리였다. 그래서 가발을 착용했는데 머리에 꼭 뚜껑을 씌운 것처럼 어색했다. 그런데 지금 우 사장의 머리는 가발이라고 의심이 가지 않을 정도로 자연스러웠다. 나도 모르게 눈을 동그랗게 뜨고 살펴보자 머그컵을 들고 커피를 한 모금 마신 우 사장이 말했다.

"최근에는 중국에서 진짜 사람 머리카락으로 만든 가발들이 들어옵니다. 그리고 예전처럼 가발 하나만 주야장천 쓰는 게 아니라 몇 개를 돌려 가며 쓰죠."

"신기하네요."

"돈이면 다 되는 세상이니까요."

잠자코 커피를 한 모금 마시면서 무심코 명함을 뒤집자

탈모인을 위한 힐링 캠프라는 파란 글씨와 그 밑에는 '탈모! 치료될 수 있습니다'라는 글씨가 박혀 있었다. 그 옆에는 언덕 위의 통나무집이 그려져 있었다. 양면 명함이었던 것이다. 문제는 한쪽은 가발 회사 명함이었고, 다른 한쪽은 탈모가 치료될 수 있다는 선전이 박혀 있다는 것이다. 이건 마치 그 어떤 것도 뚫을 수 없다는 방패와 세상의 모든 방패를 뚫을 수 있다는 창을 같이 파는 격이었다. 그걸 얘기하는 고사성어가 있었는데 갑자기 기억이 안 났다. 인상을 쓰면서 생각을 하고 있었는데 우 사장이 입을 열었다.

"알고 있습니다. 모순이죠."

나도 모르게 감탄사가 나오려는 걸 겨우 참았다. 머그컵을 내려 놓은 우 사장이 양면 명함에 대해서 설명했다.

"시원찮은 대학을 나오고 제과회사 영업직으로 일했습니다. 하루하루가 전쟁이어서 머리카락이 뭉텅이로 빠졌죠. 그러다가 경영합리화인가 뭔가로 정리 해고를 하면서 하루아침에 쫓겨나게 되었습니다. 그러면서 남은 머리카락도 모두 빠져 버렸습니다. 그래서 다른 회사에 면접을 볼 때마다 떨어졌습니다. 대머리가 무슨 영업을 하느냐고 말이죠."

회사 일 때문에 빠진 머리 탓에 다른 회사에 들어가지 못했다는 얘기는 몹시 서글펐다. 하지만 우 사장은 대수롭지 않다는 듯 담담하게 말을 이어갔다.

"그러다가 아예 가발 사업에 뛰어들었습니다. 퇴직금에 전세 자금 빼서 들이붓고 구두 바닥이 헤지도록 돌아다녔죠. 그러다가 중국 쪽 라인이 뚫리면서 가발 사업이 제 궤도에 접어들었습니다."

"그런데 탈모 치료 프로그램은 왜 운영하시는 겁니까? 대머리가 줄어들면 가발 사업하는 데 문제가 생길 것 같은데요."

내 얘기를 들은 우 사장이 그럴 줄 알았다는 듯 피둥피둥 찐 얼굴로 씩 웃었다.

"전철역 앞에서 우산 파는 장사치들 보신 적 있으세요? 그 사람들 날이 더우면 부채를 팔고, 비가 오면 우산을 팝니다. 탈모를 치료한다는 게 말처럼 쉬운 일이 아니죠. 하지만 치료될 수 있다는 희망만 준다면 어떻게든 매달리게 됩니다. 제 사업이 빨리 자리를 잡은 이유가 뭔지 아십니까? 바로 탈모 때문에 찾아온 사람들이 원하는 대답을 들려줄 수 있었기 때문입니다."

"어떻게 말입니까?"

속으로 대머리가 듣고 싶은 대답은 딱 하나뿐인데 그걸 들어 주는 게 가능하냐고 생각했다. 내 속마음을 눈치챘는

지우 사장은 테이블에 진심가발이라는 쪽이 보이게 명함을 놓고 말했다.

"일단 손님이 찾아오면 우린 무조건 가발부터 고르라고 하지 않습니다. 먼저 면담을 합니다. 그리고 손님이 원하는 게 뭔지 알아내고 거기에 맞춰서 답변을 합니다. 만약 탈모가 심해서 가발을 쓰고 싶다면 진심가발의 명함을 건넵니다. 하지만."

잠깐 뜸을 들인 우 사장은 명함을 뒤집어서 탈모인을 위한 힐링 캠프 쪽을 보여 줬다.

"만약 희망을 버리지 않고 치료를 하고 싶다면 전문가와의 상담과 약, 그리고 힐링을 제공합니다."

"힐링이요?"

앞의 두 개는 이해가 되었지만 마지막은 이해가 가지 않았다.

"네. 사실 탈모는 백약이 무효입니다. 유전 아니면 극심한 스트레스가 원인이죠. 전자는 어쩔 수 없지만 후자의 경우라면 마음을 편하게 가지는 게 최고의 치료 방법입니다. 그래서 우리는 고객들에게 마음의 평안을 주는 힐링을 제공합니다. 그러니까 가발과 탈모 치료 둘 중의 하나를 선택하라고 하면 대부분은 귀를 기울이죠. 그리고 탈모가 심하게 진행되었지만 치료를 하고 싶다면 일단 가발을 쓰고, 힐링 캠프에 가입하라고 합니다. 거기다 제 고객들은 어른이 아닙니다."

"어른이 아니면?"

외계인이냐는 개드립을 겨우 참고 바라보자 우 사장이 대답했다.

"애들, 정확하게는 중고등학생들을 대상으로 합니다."

"중고등학생이요?"

어이가 없다는 말투가 숨겨지지 않았는지 우 사장이 쓴웃음을 지었다.

"요즘 청소년들이 얼마나 스트레스를 받는지 아시면 깜짝놀라실 겁니다. 사실 이런 식의 탈모 캠프는 여러 업체에서 운영 중이지만 청소년을 대상으로 하는 건 우리뿐입니다."

우 사장의 현란한 말솜씨를 듣고 있자니 저절로 고개가 끄덕거려졌다. 사업에 대한 얘기는 충분히 들었으니까 이제 본론으로 들어가야겠다고 마음먹고 입을 열었다.

"그런데 제 도움이 필요하다고 하신 건?"

그러자 우 사장의 얼굴이 갑자기 굳어졌다.

"지금부터 제가 하는 얘기는 절대 비밀입니다. 자칫하면 우리 회사에 큰 타격을 줄 수 있는 문제라서 말입니다."

전화가 올 때 짐작하긴 했지만 드디어 소설에 산업스파이를 다룰 수 있겠다는 생각에 마른침을 꿀꺽 삼켰다. 내가 고개를 끄덕거리자 우 사장이 설명을 했다.

"사실 현대인들의 스트레스는 인터넷과 휴대폰이 주범입니다. 학생들도 마찬가지고요. 그래서 제가 제시하는 방법은 자연으로 돌아가서 스마트폰이나 인터넷 없이 지내는 겁니다."

거창하게 캠프니 뭐니 했지만 별거 아니라는 생각에 살짝 인상이 찡그려졌다. 그러자 우 사장이 얘기를 이어갔다.

"단순히 휴대폰과 인터넷이 없이 지내는 것만은 아닙니다. 인적이 진짜 없는 한적한 장소에서 며칠 동안 지친 심신을 달래고 스트레스를 푸는 거죠. 거기에는 우리 회사의 스태프들이 따라가서 상담과 정신 치료를 병행합니다."

듣다 보니까 그럴듯했다. 물론 며칠 동안 그런다고 머리카락이 새로 날 것 같지는 않았지만 말이다. 우 사장은 자부심을 엿볼 수 있는 미소를 슬쩍 지으면서 얘기를 이어갔다.

"처음에 청소년 탈모 캠프를 한다고 했을 때 다들 비웃었죠. 하지만 작년에 엄청 대박을 쳤습니다. 그래서 올해부터 본격적으로 시작하려고 직원도 늘리고 캠프도 크게 세웠는데."

숨을 크게 들이쉰 우 사장이 괴로운 표정을 지으며 잠깐 눈을 감았다가 떴다.

"어떤 놈인지 년인지 모르겠지만 캠프에 참가한 고객의 머리털을 뽑아 버린 겁니다."

무슨 뜻인지 이해하는 데 삼십 초 정도 걸렸고, 어떤 반응을 보여야 할지에는 일 분 정도 걸린 것 같았다. 그런 다음에는 웃음을 참아야겠다는 생각에 어금니로 입술을 필사적으로 깨물었다. 그러자 우 사장이 의자에 몸을 걸치면서 말했다.

"그런 반응을 보일 줄 알았습니다. 하지만 저에게는 굉장히 중요한 문제입니다. 이미 막대한 돈을 투자해서 캠프를 세우고 홍보도 엄청나게 한 상황입니다. 그런데 참가자들이 목숨보다 소중하게 생각하는 머리카락을 잃어버리면 누가 오겠습니까?"

우 사장은 심각한 표정으로 얘기했지만 도통 믿기지가 않았다.

"그냥 머리카락만 뽑아 갔다고요?"

우 사장은 캠프에서 벌어진 다양하고 황당한 탈모 사건에 대해서 들려줬다. 대부분 피해자가 혼자 있을 때 발생했다고 말했다. 낮잠을 자다가 빠지기도 하고, 산책 중에 갑자기 뒤에서 나타나서 뭔가로 눈을 가리고 머리카락을 뽑아 가기도 했다고 설명했다. 그리고 깊은 한숨과 함께 덧붙였다.

"물론 정상인들 생각에는 이런 호들갑이 이해가 안 갈 겁니다. 하지만 탈모인들에게는 심각한 문제입니다. 더군다나 사춘기를 겪는 학생들에게는 치명적인 문제죠. 그렇기 때문에 그 많은 돈과 시간을 들여서 캠프에 참여하는 겁니다."

비로소 문제의 심각성을 인식하게 되면서 자연스럽게 자세를 고쳐 앉게 되었다.

"대체 누구 짓입니까?"

그러자 우 사장이 어이없다는 표정으로 반문했다.

"그걸 알면 제가 여기까지 왔겠습니까?"

아차 싶었지만 여기서 물러날 수는 없었다.

"의심 가는 사람은요?"

"캠프가 열리는 곳은 그야말로 오지입니다. 거기에는 참가자와 저, 그리고 스태프들만 있습니다."

"외부인이 접근할 수 있지 않나요?"

"캠프가 열리는 곳이 오지라고 말씀드렸잖습니까? 거긴 배로 오갈 수밖에 없는 곳입니다."

답답하다는 얼굴로 얘기한 우 사장의 시선을 피하기 위해 머그컵을 들고 커피를 마셨다. 쓰디쓴 커피 향이 확 올라왔다.

"배로 간다면 섬인가요?"

"육지이긴 하지만 차로는 갈 수 없고 배만 갈 수 있는 곳이죠."

"우리나라에 그런 곳이 있었나요?"

집에서 지내는 시간이 늘면 자연스럽게 공중파에서 하는 '6시 내 고향' 같은 프로그램을 자주 보게 된다. 그런 프로그램에서 주로 하는 게 맛집이나 지역 탐방이다. 그래서 가 보지는 않았지만 아는 곳은 제법 된다고 생각했는데 육지이면서도 차로 갈 수 없는 오지가 있다는 건 처음 들었다. 내 호기심을 눈치챘는지 우 사장이 휴대폰으로 네이버 지도를 검색해서 테이블 위에 올려놨다.

"강원도 춘천시 사북면 원곡리?"

내가 적혀 있는 주소 이름을 읽자 우 사장이 지도를 줄여서 주변을 보여 줬다.

"어? 정말 길이 없네요."

진짜로 지도상에 표시된 길이 없었다.

"소양강댐이 생기면서 섬 아닌 섬 같은 마을들이 좀 생겼습니다. 그러다 시간이 지나면서 길이 다 뚫렸는데 이 마을만 길이 뚫리지 않았죠. 마을 인구라고 해 봤자 한 가구뿐인데 그것 때문에 터널을 뚫을 수는 없었거든요. 그리고 거기가 제 고향입니다."

휴대폰을 도로 가져간 우 사장이 계속 말을 이어 갔다.

"처음에는 섬 같은 곳을 생각했지만 시간과 비용 문제 때문에 어려웠고, 다른 곳은 뭐랄까 외진 곳이라는 느낌을 주지는 못했습니다. 그렇게 장소를 고민하다가 제 고향이 떠오른 거죠."

자부심과 뿌듯함이 가득한 우 사장의 말투는 그다음 얘기로 이어지면서 급격히 사라졌다.

"그런데 말도 안 되는 일이 벌어진 거죠. 벌써 두 번이나 같은 일이 벌어져서 이제 업계에 소문이 퍼지는 건 시간문제입니다. 그렇다고 명색이 힐링 캠프인데 CCTV 같은 걸 설치할 수는 없지 않습니까?"

듣고 보니 왜 휴일에 여기까지 찾아와서 나에게 하소연을 하는지 알 것 같았다. 머리카락을 뜯는 일로 경찰에 수사를 의뢰할 수도 없는 노릇이니까 말이다.

"그러니까 범인을 찾아 달라는 말씀이신 거죠?"

우 사장은 대답 대신 고개를 끄덕거리면서 머그컵을 입가로 가져갔다. 겨우 머리카락이나 뽑아 가는 미친놈을 찾아야 한다는 데 김이 빠져 버렸지만 의뢰를 거절하면 쏟아질 어머니의 구박에 쉽게 거절할 수 없었다. 나름 고민에 빠져 있자 우 사장이 두툼한 서류 봉투를 건넸다.

"다음 주 금요일에 캠프를 엽니다. 이번에는 우리 회사에 원한을 가진 사람들만 따로 뽑아서 갈 겁니다. 그때 같이 오셔서 범인을 찾아봐 주십시오. 여기에는 참가자들의 신상 명세와 용의점이 적혀 있습니다."

나는 별다른 대꾸를 하지 않았다. 그러자 우 사장이 비장의 카드를 꺼내 들었다.

"승낙해 주신다면 착수금으로 백만 원, 그리고 범인을 찾아 주면 이백만 원을 드리겠습니다. 물론 거기에는 비밀을 지켜 준다는 조건까지 포함해서입니다."

우 사장에게서 액수를 듣는 순간 다른 생각은 나지 않았다. 나 역시 대답 대신 고개를 끄덕거리면서 머그컵을 입가에 가져갔다. 그러자 내 눈치를 슬쩍 살핀 우 사장이 말했다.

"참, 조건이 하나 있습니다."

"그게 뭔데요?"

우 사장은 대답 대신 나를, 아니 내 머리를 물끄러미 바라봤다. 뭐라고 설명할 수는 없었지만 불길한 예감이 온몸을 스쳐 지나갔다.

상태는 빡빡 깎인 내 머리를 어처구니없는 눈길로 바라봤다.

"그래서 진짜 머리를 밀어 버린 거예요?"

"셜록 홈스는 「빈사의 탐정」에서 수마트라의 풍토병에 걸려 사경을 헤매는 척하면서 범인의 자백을 받은 적이 있었어. 이까짓 머리야 미스터리를 풀기 위해서는 얼마든지 밀어 버릴 수 있지."

"그냥 돈이 급했다고 하세요."

심드렁하게 말한 상태의 말에 나는 고개를 저었다.

"들어 봐. 이건 완전히 밀실이란 말이야. 모든 추리 작가들, 그리고 탐정들이 꿈꾸는 이상적인 환경이라 이 말이지. 망할 인터넷과 스마트폰이 멸종시켜 버린 환상의 밀실 말이야. 거기다 연쇄살인이랑 비슷한 연쇄 탈모 사건이 벌어지고 있잖아. 이건 나 같은 탐정이 해결해야 할 일이라고."

큰소리를 치기는 했지만 사실 속이 쓰리긴 했다. 머리를 깎아야 한다는 말에 내가 펄쩍 뛰자 우 사장은 머리를 깎아야 탈모 청소년들 사이에 자연스럽게 낄 수 있지 않느냐고 설득했다. 거기다 머리를 깎으면 오십만 원을 추가로 지급하겠다는 얘기에 결국 승낙하고 말았다. 머리를 빡빡 밀어 버리자 묘한 기분이 들었다. 미리 모자를 준비했지만 주변 사람들의 시선도 확 달라진 걸 느꼈다. 어쨌든 머리를 밀어 버린 값인 오십만 원까지 포함해서 선금으로 백오십만 원을 받자 기분이 든든했다. 그래서 상태에게 기분 좋게 타워버거 세트를 쐈지만 녀석의 기분 나쁜 시선을 보고서는 금방 후회했다. 어쨌든 수첩을 펼치고 이번 사건에 대해서 간단하게 얘기해 줬다. 수첩에는 죽음의 캠프라고 적혀 있었다. 원래는 좀 있어 보이게 데드 캠프라고 영어로 적고 싶었지만 데드의 스펠링이 생각나지 않아서 그냥 죽음의 캠프라고 한글로 적었다. 글자 그대로 죽음이 난무하는 캠프에 관한 의뢰였고 단지 죽는 게 사람이 아니라는 것만 다를 뿐이라고 스스로 위안을 삼았다. 마음을 정리하고 우 사장을 만난 것부터 차근차근 설명하자 녀석이 고개를 갸웃거렸다.

"살다 살다 머리카락 뜯어 가는 사람을 찾아 달라는 의뢰가 들어올 줄은 몰랐는데요."

이제 고작 중학교 2학년짜리가 살다 살다라는 말을 하는 걸 보고 좀 어이가 없었지만 일단 얘기를 듣기 위해서 잠자코 있었다. 빨대로 콜라를 쪽 빨아 먹은 녀석이 물었다.

"이번에 캠프 참가자 중에 범인이 있다는 보장이 없잖아요."

"사건이 벌어졌을 때의 스태프들이랑 참가자들을 그대로

데리고 들어간다고 그랬어."

"그들 중에 범인이 있다고 생각하나 보네요. 손님들 중에서도 의심이 가는 쪽이 있다고요?"

내가 대답 대신 고개를 끄덕거리자 상태가 말했다.

"그러면 전부 다 용의자란 얘기네요."

"나랑 우 사장 빼고는 그렇지. 이번에 범인을 잡지 못하면 캠프를 접어야 할지 모른다고 걱정이 태산 같더라."

그러자 상태가 불쑥 말했다.

"저도 같이 가요."

"너도 나처럼 머리 깎을래?"

말도 안 된다는 투로 얘기하자 상태가 갑자기 고개를 옆으로 돌리더니 손가락으로 귀 위쪽을 가리켰다.

"저 원형 탈모 있어요."

"스트레스 받을 게 뭐가 있다고 쪼그만 녀석이 원형 탈모냐?"

"요즘 학교가 얼마나 정글 같은지 모르죠? 아무튼 소양강 댐 한번 놀러 가고 싶었어요. 따라가게 해 주세요."

상태의 당돌한 말에 나는 고개를 저었다.

"가서 뭐하게?"

"만약에 애거사 크리스티의『오리엔트 특급 살인』처럼 용

115

의자들이 전부 범인일 수 있잖아요. 그럴 때는 제 도움이 필요할 거예요."

생각지도 못한 얘기에 나도 모르게 눈이 동그래졌다. 의기양양해진 상태가 감자튀김을 케첩에 푹 찍어서 먹어 치우고는 히죽 웃었다.

"제가 가면 도움이 될 거예요."

생각해 보니까 그럴듯했다. 거기다 모르는 사람들 사이에 섞여서 2박 3일을 보내는 것보다는 나을 것 같았다. 내 생각을 읽었는지 상태가 씩 웃었다. 남은 타워버거를 먹어 치우기 전 녀석에게 말했다.

"이번 주 금요일이다. 시간이랑 장소는 카톡으로 알려 줄게."

출장을 가는 탐정의 복장에 어떤 것이 어울릴지 고민하느라 시간은 금방 지나갔다. 고민 끝에 미사모 회원들에게 도움을 요청했지만 쓸모 있는 답변은 없었다. 결국 주섬주섬 짐을 챙겨서 상태와 만나기로 한 용산역으로 향했다. 상태는 약속 시간에 딱 맞춰서 도착했다. 가방을 멘 우리 둘은 에스컬레이터를 타고 내려가서 춘천행 열차를 탔다. 에어컨 바람이 땀을 적당히 식혀 주었다. 막상 단둘이 여행을 떠나게 되니까 할 말이 그다지 많지는 않았다. 미아공 사건으로 만나면서 조수 역할을 맡겼지만 내가 이 녀석에 대해서 아는 건 어느 학교를 다니는지와 연락처 정도였다. 무슨 큰 비밀이 있는지 개인적인 얘기는 전혀 나눈 적이 없었다. 그래서 이 기회에 친해지고 싶어서 말을 걸려고 했지만 막상 단둘이 되자 할 말이 없어져 버렸다. 녀석도 창밖을 물끄러미 바라보기만 할 뿐 나에 대해서 궁금한 게 없는 눈치였다. 거기다 머리를 밀어 버린 이후 사람들의 시선을 계속 의식하느라 나도 모르게 신경이 날카로워진 상태였다. 집에서 굴러다니는 야구모자로 머리를 가렸지만 뒤통수까지 완전히 가려 주지 못한 덕분에 오히려 대머리라고 광고를 하고 다니는 꼴이다. 지나가는 사람들의 시선이 내 머리에 잠시 내려앉았다 간다는 사실은 묘한 피곤함을 불러일으켰다. 억지로 잠을 청하는데 누군가 야구모자를 벗기면서 소리쳤다.

"대머리! 대머리!"

짜증이 난 표정으로 고개를 돌리자 풍선처럼 몸이 빵빵한 꼬맹이가 내 야구모자를 손가락으로 빙빙 돌리는 게 보였다. 한 대 쥐어박고 싶었지만 꾹 참고 야구모자를 달라는 눈빛과 함께 손을 내밀었다. 꼬맹이는 이빨을 드러내며 웃더니 휙 던져 버리고는 부모가 기다리고 있는 자기 자리로 돌아갔다. 부모가 한마디 해 주기를 기다렸지만 아버지는 창가에 머리를 쑤셔 박고 자고 있었고, 어머니는 휴대폰을 들여다보느라 정신이 없었다. 바닥에 떨어진 야구모자를 집어 들어서 머리에 푹 눌러썼다. 약 한 시간 후, 우리 둘은 나란히 춘천역에 내렸다. 에스컬레이터를 타고 밖으로 나가자 버스정류장 근처에 하얀색 마이크로버스 한 대가 서 있는 게 보였다. 버스 옆구리에는 '청소년을 위한 힐링 캠프'라는 현수막이 붙어 있었다. 주변에는 불안한 표정으로 서성거리는 학생들이 제법 되었다. 학생들 모두 나처럼 모자를 쓰거나 혹은 누군가 자신의 가발을 눈치챌까 봐 조심스러워하는 모습을 보였다. 그러다가 불쑥 빨간 등산용 모자를 쓴 우 사장이 모습을 드러냈다. 그러자 삽시간에 교주를 만난 신도들처럼 사람들이 모여들었다. 나와 상태도 어슬렁거리면서 곁으로 다가갔다. 버스 앞에 선 우 사장이 모여든 일행에게 말했다.

"버스를 타고 춘천댐까지 가서 거기서 배를 타고 캠프까지 들어갈 겁니다. 일단 명단 확인하고 버스에 탑승하도록 하겠습니다."

우 사장 옆에 있던 선글라스를 낀 여직원이 A4용지를 손에 들고 이름을 불렀다. 그러자 손을 들거나 대답을 한 사람들이 한 명씩 버스에 올랐다. 나는 곁에 서서 버스에 타는 사람들과 이름을 확인했다. 스태프들을 제외한 참가자들은 안 좋은 인상의 덩치 큰 아저씨 한 명을 빼고는 모두 고딩이나 재수생들이었다. 아저씨를 포함해서 모두 남자였는데 딱 한 명만 특이하게도 페도라를 쓴 어린 아가씨였다. 어깨까지 내려오는 치렁치렁한 긴 머리를 하고 있어서 남자애들과 아저씨 사이에서 눈에 확 들어왔다. 나이 든 아저씨는 우 사장과도 아는 눈치 같았는데 서로 데면데면했다. 나와 상태를 포함한 아홉 명의 참가자, 정확하게는 우리 둘을 뺀 일곱 명의 용의자들과 스태프들이 버스에 탔다. 나와 상태까지 타면서 버스는 출발했다. 남들 눈에 띄지 않게 뒤쪽에 앉자 바로 앞에 페도라를 쓴 아가씨가 앉아 있는 게 보였다. 그리고 참가자들의 시선이 이 기묘한 아가씨에게 향하고 있다는 것도 눈치챘다. 자신에게 향하는 시선들을 아는지 모르는지 페도라를 쓴 아가씨는 이어폰을 귀에 꽂은 채 눈을 감고 있었다. 버스가 서서히 속도를 올릴 무렵, 운전석 옆에서 마이크를 잡은 우 사장이 분위기를 잡았다.

"안녕하십니까. 우형수 사장입니다. 우리 힐링 캠프에 참가해 주신 청소년 여러분을 진심으로 환영합니다. 우리 회사는 그동안의 성과를 바탕으로 더 나은 도약을 위해서 여러 가지 준비를 하고 있습니다."

한참 회사의 장밋빛 미래를 얘기하던 우 사장은 다들 지루해하는 기미를 보이자 화제를 돌렸다.

"그럼 여러분을 도와줄 캠프의 스태프들을 소개하겠습니다. 먼저 저를 도와줄 조현미 씨입니다."

조현미 씨는 아까 A4용지를 들고 참가자들의 이름을 호명한 아가씨였다. 20대 중후반으로 보였는데, 머리를 뒤로 묶은 티셔츠 차림이라서 재기발랄해 보였다. 하지만 우 사장이 미리 건넨 자료에는 불평 불만이 많고 일은 제대로 안 하면서 수당만 꼬박꼬박 챙겨 간다는 내용이 적혀 있었다.

"그리고 여러분의 마음을 정화시켜 주는 임무를 맡은 심리치료사 정연태 씨입니다."

힘없는 박수 소리와 함께 몸을 일으킨 사람은 여드름투성이의 남자였다. 키가 큰 정연태는 무표정한 얼굴로 인사를 하고 도로 자리에 앉았다. 우 사장이 넘겨 준 자료에는 인턴으로 들어왔는데 급여 문제부터 사사건건 트러블을 일으켜서 골치가 아프다는 내용이 적혀 있었다. 특히 캠프에 대해 부정적이라서 용의자로 지목되었다.

"마지막으로 식사를 책임지시는 영양사 우지현 씨를 소개합니다."

내가 중학교 때 쓰던 큼지막한 뿔테 안경을 쓴 작은 체격의 여성이 앞자리에서 일어나 꾸벅 고개를 숙였다. 매사 소극적이고 수줍음을 많이 타는 편이라는 점에서 연쇄 탈모 사건과는 무관할 것 같았다. 하지만 우 사장은 대놓고 반발하지는 않았지만 일종의 태업을 하는 것 같다면서 그녀를 용의자 목록에 올렸다. 별다른 열의가 없어 보이는 스태프들의 소개가 끝나고 캠프에 참가한 학생들에게 마이크가 넘어갔다. 귀찮다는 표정으로 일어난 학생이 이대현이라는 이름만 말하고 앉자 나머지 참가자들도 대충 넘어갔다. 그러면서 마이크는 내 앞에 앉은 페도라를 쓴 여성에게 넘어갔다. 마이크를 받은 그녀는 조심스럽게 일어나 통로 쪽으로 나와서 자기소개를 했다.

"안녕하세요. 이아린이라고 합니다. 좋은 시간을 보냈으면 좋겠습니다."

간단하지만 남들보다 긴 소개를 끝낸 그녀가 마이크를 내게 넘기며 자리에 앉으려는데 맨 처음 자기소개를 했던 이대현이 짓궂은 말을 했다.

"머리결을 보니까 여기 올 사람 같지는 않은데?"

그러자 자리에 앉으려던 이아린은 벌떡 일어나서 페도라를 벗고 고개를 숙였다. 그러자 휑한 정수리가 보였다.

"원형 탈모 때문에 왔습니다."

그녀의 얘기를 들으면서 우 사장이 건넨 리포트를 떠올렸다. 재수생인 그녀는 고3때 치료를 받은 이후 한 달에 한 번 정도 본사를 찾아와서 컴플레인을 제기하는 바람에 블랙 컨슈머 제1호로 올랐다는 내용이 기억났다. 거기다 두 번째 탈모 사건이 일어나던 캠프에도 참가했었기 때문에 용의 선상에 올랐다. 그사이, 자기소개를 한 상태가 옆구리를 툭 치면서 마이크를 건넸다. 얼른 마이크를 잡고 일어났다.

"민준혁이라고 합니다. 감사합니다."

최대한 눈에 띄지 않아야 했기 때문에 일부러 짧게 얘기했다. 참가자들의 소개까지 끝나자 더 이상 할 얘기가 없어졌는지 우 사장도 자리에 앉으면서 버스 안은 침묵이 흘렀다. 어색한 침묵은 구불구불한 언덕길을 오르던 버스가 소양강댐 앞에 멈추면서 끝났다. 거대한 소양강댐이 한눈에 들어왔고, 댐에 가로막힌 넓은 호수가 보였다. 댐 건너편 언덕에는 하얀 글씨로 한국수자원공사 소양강 다목적댐이라고 커다랗게 적혀 있었다. 그걸 본 상태가 촌스럽게 바다라고 떠드는 바람에 내 눈총을 받았다. 길게 하품을 한 이대현을 비롯한 학생들이 버스에서 내렸다. 우 사장이 내리막길을 가리키면서 말했다.

"선착장에 원곡리로 가는 보트가 있습니다. 쭉 내려가셔서 계단을 따라 선착장으로 가십시오."

이아린을 제외한 참가자들이 한 무더기로 앞장서 내려가는 가운데 나와 상태는 일부러 거리를 조금 두고 따라갔다. 참가한 학생들은 서로 안면이 있는 것 같았고, 이대현이 중심인물인 것 같았다. 이번 캠프의 경우 공개로 모집한 게 아니라 용의 선상에 오른 학생들에게 무료 체험형식으로 초대했기 때문에 이 중에 범인이 있는 게 확실하다고 우 사장이 거듭 강조했다. 터벅터벅 걸어 내려가는 캠프 참가자들은 다른 이들의 눈길을 끌었다. 나이에 어울리지 않게 챙이 넓은 등산 모자나 가발로 최대한 가렸지만 사람들의 시선을 피하지는 못했다. 동물원 원숭이들을 보는 주변의 시선은 머리를 빡빡 밀어 버린 나한테까지 옮겨 왔다. 괜히 위축이 되면서 나도 모르게 어깨가 움츠러 들었다.

우리 일행은 급경사의 계단을 내려가서 물 위에 뜬 부두 형태의 선착장에 도착했다. 쏟아지는 뙤약볕을 피해 선글라스와 부채, 챙이 넓은 모자로 중무장한 관광객들이 타고 갈 배들을 찾아 돌아다녔다. 선착장에는 청평사로 가는 유람선과 양구로 가는 유람선을 탈 수 있었다. 양구로 가는 유람선은 쾌룡호라는 이름이 붙어 있었고, 그 이름에 걸맞게 용머리가 뱃머리에 달려 있었다. 한 번씩 캠프에 참가한 적이 있던 학생들은 보트들이 모여 있는 곳으로 자연스럽게 발걸음을 옮겼다. 아이스박스와 다른 짐들을 가지고 뒤따라온 우사장이 숨을 헐떡거리면서 말했다.

"보트가 작아서 두 번에 나눠서 갈 겁니다. 저와 스태프들이 먼저 가서 짐을 정리할 테니까 뒤따라오십시오. 민준혁 씨는 저를 좀 도와주시겠습니까?"

그렇게 우사장과 세 명의 스태프들, 그리고 나와 상태는 먼저 보트에 탔다. 큼지막한 선글라스를 낀 청년이 보트의 시동을 걸었다. 가운데에 아이스박스와 짐들을 놓고 가장자리의 의자에 앉자 보트가 출발했다. 나를 따로 지목한 것이 혹시나 밀담을 나누려고 그러는가 싶어서 바짝 긴장했지만 시끄러운 모터 소리 때문에 얘기가 될 것 같지 않았다. 상태는 몸을 바깥쪽으로 돌려서 펑펑 스쳐 지나가는 물살을 보고 괴성을 질렀다. 한때는 산등성이었을 절벽들이 쭉 펼쳐진 가운데 드문드문 집들이 보였다. 우 사장 말대로 댐으로 인해 마을이 수몰되면서 한두 채씩 남은 집들인 것 같았다. 섬 아닌 섬이라는 표현이 확 와 닿았다. 십 분 정도 상류로 거슬러 올라가던 모터보트가 드디어 속도를 줄이기 시작했다. 그와 동시에 목적지가 보였다. 간판이나 표지판이 없는

데도 알아볼 수 있었던 것은 너무나도 눈에 잘 띄는 건물 때문이었다. 내 예상을 증명이라도 하듯 우 사장이 턱으로 그 건물을 가리키면서 말했다.

"저집니다."

속도를 줄인 모터보트가 알록달록한 스티로폼같이 생긴 부유식 부두에 접근했다. 부두 뒤로는 과거 미국의 서부 개척 시대에 봤을 법한 황무지가 펼쳐져 있었고, 그 위에 문제의 건물과 작은 건물 한 채가 보였다. 왼쪽의 2층짜리 건물은 유럽식으로 만든 별장처럼 보였고, 그 옆의 집들은 푸른색 플라스틱 기와를 얹은 전형적인 시골집이었다. 우 사장이 모터 소리를 이기기 위해 잔뜩 힘이 들어간 목소리로 말했다.

"저 옆집이 바로 제가 태어난 곳입니다. 지금은 저와 직원들 숙소로 쓰고 있습니다."

보트의 속도가 줄어들면서 서서히 요철 모양의 부두에 접안했다. 시동을 끈 선글라스 청년이 바람처럼 몸을 날려서 보트를 묶었다. 진동이 어느 정도 가라앉자 나와 상태는 조심스럽게 보트에서 내렸다. 그 뒤를 따라서 아이스박스와 다른 박스를 든 우 사장 일행이 내렸다. 나도 눈치껏 컵라면이 든 박스를 하나 집어 들고 별장으로 향하는 우 사장 일행을 뒤따라갔다. 일행이 모두 내리자 보트를 몰고 온 선글라스 청년이 다시 시동을 걸고 남은 일행을 데리러 떠날 준비를 했다. 어수선한 틈을 타서 잽싸게 우 사장에게 다가갔다.

"학생들만 온다고 했는데 아까 그 아저씨는 어떻게 온 겁니까?"

명단에 없었다는 점, 그리고 묘한 분위기를 풍긴다는 점이 궁금했다. 그러자 인상을 찌푸린 우 사장이 대답했다.

"갑자기 전화를 하더니 신청하고 싶다고 했습니다. 안 된다고 했더니 직접 찾아와서는 가고 싶다고 해서 어쩔 수 없이 넣었습니다."

뭔가 숨기고 있는 것 같다는 생각이 들었지만 우 사장이 앞서간 스태프들을 따라가는 바람에 더 이상 캐묻지 못했다. 나는 옆에 서서 콧구멍을 후비는 상태에게 물었다.

"냄새가 나지 않냐?"

그러자 둥글게 만 코딱지를 손가락으로 튕겨 낸 상태가 대답했다.

"그러게요. 서로 아는 눈치였어요."

힐링 캠프가 열리는 집은 호수 쪽에서 보면 그리 커 보이지 않았지만 ㄷ자 형태로 깊숙이 뻗어 있어서 제법 컸다. 새 집이라 그런지 옅은 페인트 냄새가 났다. 작은 삼각형 지붕이 달린 현관으로 들어갔다. 현관 안은 넓은 거실이었다. 이런 곳에서 볼 거라고는 상상도 하지 못했던 고급스러운 가죽 소파가 있었다. 양쪽에는 위층으로 올라가는 계단이 있었고, 왼쪽으로 꺾어진 공간은 주방과 식당, 오른쪽은 큰 거실이었다. 거실 한쪽 구석에 쌓인 다른 박스들 위에 컵라면 박스를 올려놓고 별장 안팎을 둘러봤다. 계단 사이의 공간은 뒤편의 테라스로 이어지는 미닫이 유리문이 있었다. 상태와 함께 미닫이 유리문을 열고 밖으로 나가자 별천지가 펼쳐졌다. 나와 상태는 약속이나 한 듯 같은 감탄사를 내뱉었다.

"우아!"

뒷마당은 유럽 어느 고궁의 정원으로 착각하게 만들 만큼 잘 가꿔져 있었다. 중앙에는 오줌, 아니 물을 누는 배불뚝이 소년 동상이 있었고, 주변은 앉을 수 있는 벤치와 꽃 들이 있었다. 지붕은 유리인지 플라스틱인지 모를 투명한 캐노피가 있어서 비를 맞지 않고도 햇살을 마음껏 만끽하게 만들었다. 뒤쪽으로는 원목으로 만든 팔각형 정자 두 개가 쌍둥이처럼 나란히 서 있었다. 그 뒤로 사하라처럼 나무 한 그루 없는 모래 산이 이어졌다. 정자 앞쪽에는 바비큐를 즐길 수 있는 작은 천막이 서 있었다. 이십 미터쯤 떨어진 곳에 있는 시골집과 대비되면서 화려함이 더 두드러졌다.

"멋지죠?"

어느 틈에 뒤에 왔는지 우 사장이 팔짱을 낀 채 서 있었다. 내가 대답 대신 고개를 끄덕거리자 우 사장은 발로 자갈을 툭 걷어찼다.

"부모님은 물속에 가라앉은 고향에서 멀리 떠날 수 없다고 이곳으로 오셨죠. 그래서 학교를 다닐 때는 버스 대신 배를 타고 다녀야 했고요. 한때는 집과 호수, 그리고 댐이 세상의 전부인 줄만 알았던 때가 있었습니다."

"그래도 돌아오신 걸 보니 좋은 추억을 가지고 계신 모양이네요."

차도 못 들어오는 산골짜기에 이렇게 멋진 건물을 봤다는 여운이 사라지지 않아 다소 아부성 멘트가 나왔다. 내 얘기를 들은 우 사장의 얼굴이 복잡해졌다.

"2층에 방이 있습니다. 짐을 정리하고 거실로 내려오시죠."

2층으로 올라가자 바깥쪽으로 방들이 쭉 이어졌다. 앞쪽에 세 개, 그리고 내가 날개라고 이름을 붙인 꺾인 양쪽 코너로 다섯 개씩 방이 있었다. 복도 끝에는 호텔이나 펜션처럼 아래층으로 내려가는 비상문이 있었다. 그리고 방마다 이름이 프린트된 종이가 붙어 있었는데 나와 상태가 쓸 방은 왼쪽 코너의 세 번째 방이었다. 복도를 쭉 살펴본 상태가 말했다.

"방이 열세 개예요. 거기다 오늘은 금요일이고요."

"그럼 이제 하키마스크를 쓴 프레디만 나타나면 되는 거냐?"

내가 꿀밤을 먹이려고 손을 들자 상태가 혀를 삐죽 내밀었다.

"프레디는 〈나이트메어〉에 나오는 애고요. 〈13일의 금요일〉에 나오는 건 제이슨이라고요."

잽싸게 우리 이름이 적힌 방으로 들어간 상태는 침대 위에 대자로 뻗었다. 방 안은 짙은 방향제 냄새가 났다. 창가의 의자에 가방을 내려놓고 바깥을 물끄러미 바라봤다. 며칠 동안 본의 아니게 대머리로 지내면서 차가운 눈길과 많이 마주쳤다. 안쓰럽다는 눈길부터 대놓고 재수 없다는 시선까지 말이다. 어른도 견디기 힘들 정도인데 한창 예민한 나이의 학생들에게는 더더욱 견디기 힘든 고통일 것이다. 덕분에 우 사장 같은 사람이 돈을 벌고 있지만 말이다. 이런저런 생각에 잠겨 있는데 부두에 보트가 도착하는 게 보였다. 사람들이 차례로 내려서 별장으로 오는 것을 봤다. 이제 탐정의 시간이 찾아온 것이다. 몸을 돌려서 이불 위에서 벌레처럼 꿈틀거리던 상태가 휴대폰을 들여다보면서 말했다.

"휴대폰이 먹통인데요."

"주변에 아무것도 없는데 당연하지. 어서 내려가자."

상태와 함께 1층으로 내려가자 뒤따라 도착한 학생들과 마주쳤다. 다들 캠프에 참가했던 경험이 있는지 외진 곳의 별장을 보고도 별로 놀라워하거나 신기해하지 않았다. 이대현이 자연스럽게 소파의 가운데에 자리 잡고 앉은 가운데 우 사장이 그들 앞에 서서 일정을 설명했다.

"청소년을 위한 힐링 캠프에 오신 걸 환영합니다. 앞으로 3박 4일 동안 이곳에서 편안한 휴식과 안정을 통해 스트레스를 푸는 시간을 가지시기 바랍니다."

힘없는 박수가 이어지고, 우 사장의 얘기는 이어졌다.

"우리 캠프는 복잡한 규칙 같은 건 없습니다. 그냥 삼시 세끼 정성껏 준비한 식사를 하시고 주변을 산책하시면 됩니다. 식당에 간식거리를 가져다 놨으니 마음껏 드셔도 됩니다. 그리고 심리 상담이 필요하신 분은 1층에 마련된 상담실에서 정연태 씨의 상담을 받으시기 바랍니다. 이곳은 휴대폰도 터지지 않고, 인터넷도 안 됩니다. 그냥 하고 싶은 거 하시면서 푹 쉬시는 게 여러분의 일입니다. 일정표는 문 안

쪽에 하나씩 붙여 놨습니다."

우 사장의 얘기가 끝날 무렵 이대현의 옆에 앉아 있던 빨간 모자를 쓴 중년의 사내가 손을 번쩍 들었다.

"술은 없습니까?"

팔짱을 낀 채 서 있던 나는 그의 이름이 남규태고 초창기 진심가발의 투자자였다는 사실을 기억해 냈다. 하지만 수익 배분 문제로 갈등을 빚었고, 결국 회사에 불을 질러 버리겠다는 폭언까지 했던 인물이다. 나이는 40대 후반에 비쩍 말라서 몹시 신경질적으로 보였기 때문에 갑자기 용의자 점수가 치솟았다. 질문을 받은 우 사장이 여유롭게 받아넘겼다.

"알코올과 니코틴은 탈모에 좋지 않습니다."

페도라를 쓴 이아린은 현관문 쪽에 서서 이 광경을 지켜보다가 불쑥 나를 바라봤다. 내 정체가 뭔지 알고 있다는 그녀의 눈빛에 찔끔한 나는 얼른 고개를 돌렸다. 그러는 사이 이대현을 필두로 한 참가자들이 술 문제를 가지고 우 사장에게 시비를 걸었다. 고딩 주제에 술을 찾는다는 게 우스웠지만 어차피 우 사장이 괜찮다고 해도 섬 아닌 섬인 이곳에서 술을 구할 수 있을 것 같지는 않았다. 우 사장에게 쌓인 게 있거나 아니면 세상에 대한 불만 탓에 다들 시비가 걸릴 일만 기다리고 있는 것 같았다. 특히 목청을 높이는 건 이대

131

현 뒤에 서 있던 두 명의 학생인 김현식과 김기천이었다. 나와 상태가 덤 앤 더머라고 쉽게 합의를 본 두 명은 바가지 머리에 멍청하게 생긴 표정의 소유자였다. 두 학생 모두 힐링 캠프에서 별다른 효과를 보지 못했다는 글을 SNS에 남겨 놨고, 탈모 사건이 발생했던 시기에 참석했다는 공통점이 있었다. 반면, 우 사장이 가장 유력한 용의자로 꼽았던 조민수라는 학생은 굳게 입을 다물고 있었다. 불량 학생같이 생긴 외모에 고등학교 중퇴라는 배경은 연쇄살인, 아니 연쇄 탈모범에 제격이었다. 말다툼은 우 사장의 제안으로 막을 내렸다.

"대신 식당에 가져다 놓은 컵라면을 언제든 드실 수 있는 것으로 하겠습니다."

그것으로 우스꽝스러운 갈등은 끝났다. 참가자들은 하나 둘씩 자기 방으로 흩어졌다. 비교적 용의점이 낮았던 학생인 박선규와 조성환도 궁시렁거리면서 2층으로 사라졌다. 흩어지는 참가자들을 본 우 사장이 고개를 절레절레 흔들면서 현관 밖으로 나갔고, 스태프들도 하나둘씩 자리를 떴다. 남은 건 나와 상태, 그리고 팔짱을 낀 채 지켜보던 이아린뿐이었다. 팔짱을 푼 그녀는 바람이라도 쐬려는지 뒷마당으로 가는 미닫이 유리문을 열었다.

상태와 나는 그냥 2층 방으로 올라갔다. 사실 이곳에 오면 추리소설에서 수없이 봤던 광경들, 예컨대 비밀을 품은 용의자들과 중요한 비밀을 가지고 있는 것 같은 미지의 인물이 나를 흥분시킬 줄 알았다. 하지만 이곳에는 예민해질 대로 예민해진 학생들뿐이었다. 그리고 더 중요한 건 할 게 없다는 것이었다. 방에는 텔레비전이 없었고, 인터넷도 연결되지 않았다. 할 게 없어서 침대에 누워 상태와 함께 별장의 1, 2층 구조도를 그렸다. 길게 하품을 한 상태가 말했다.

"설마 방마다 돌아다니면서 머리털을 뽑진 않겠죠?"

그 얘기를 듣고는 나도 모르게 일어나서 거울을 바라봤다. 반질반질했던 머리에는 새싹처럼 머리카락이 자라나는 중이었다. 침대 위에서 꼼지락거리던 상태는 그새 잠들었는지 코를 골았다. 마땅히 할 일을 찾지 못한 나는 양치질 대용으로 사 온 자일리톨 껌을 씹으면서 방을 나왔다. 현관을 통해 밖으로 나가자 제법 해가 떨어진 걸 알 수 있었다. 텔레비전이 없고, 휴대폰도 터지지 않으니까 엄청난 고요함이 밀려왔다. 이게 바로 힐링인가 싶어서 저절로 고개가 끄덕거려졌다. 내친김에 뒷짐을 지고 호숫가 쪽을 어슬렁거렸다. 난생처음 듣는 벌레 우는 소리에 눅눅한 시골 냄새가 느껴졌다. 어둠 속에서 출렁거리는 호수를 바라보는데 어둠을 뚫고 불꽃이 떠오르는 게 보였다. 뭔가 싶어서 가만 바라보니 올챙이처럼 꼬물꼬물 올라온 불꽃이 허공에서 계란처럼 탁 터졌다. 언제 옆에 왔는지 조민수가 퉁명스러운 목소리로 말했다.

"하여간 창의성이 없어. 매번 똑같은 불꽃놀이야."

나한테 하는 얘긴지 혼자서 툴툴대는 것인지 분간하기 어려워 굳이 대꾸하지 않았다. 한 줄기씩 올라온 불꽃들이 펑펑 터지자 무료하게 지내던 참가자들이 하나둘씩 밖으로 나와 구경했다. 불꽃이 올라오는 위치를 짐작해 봤지만 소양감댐의 선착장치고는 너무 가까웠다. 내 의구심을 눈치챘는지 그가 설명해 줬다.

"아까 우리 태우고 온 보트 있잖아요. 그걸 타고 호수 중간으로 나가서 폭죽을 쏘아 올리는 거예요."

그러는 사이에도 계속 폭죽은 날아올라서 어두컴컴해진 밤하늘을 밝혔다. 아무 생각 없이 쳐다보는데 뒤쪽에서 거친 비명 소리가 들렸다. 마치 자석에 끌린 것처럼 사람들의 시선을 빨아들인 비명의 주인공은 남규태였다. 왼쪽 가슴팍에 C자가 큼지막하게 새겨진 붉은색 후드 점퍼와 파란 줄무늬 반바지 차림의 그는 교통사고를 당한 것처럼 뒷목을 잡고 있었다. 그가 믿기지 않는다는 목소리로 외쳤다.

"내 머리카락!"

그의 절규 위로 바람 빠지는 소리를 내면서 날아오른 폭죽이 터졌다.

다들 심각한 표정으로 별장의 거실에 모여서 흥분한 남규태의 얘기에 귀를 기울였다. 뒷목을 잡은 남규태는 잔뜩 붉어진 얼굴로 침을 튀기면서 떠들어 댔다.

"그러니까 내가 폭죽이 터지는 걸 보고 있는데 갑자기 뒷목이 뜨끔했어, 그래서 손으로 만져 봤더니 머리카락이……."

그는 전 재산을 보이스피싱당한 것보다 더 억울하다는 표정을 짓고 있었다. 거기다 다들 심각한 표정으로 고개를 끄덕거리고 있었다. 그러는 사이 화살은 우 사장에게 향했다. 여전히 뒷목을 잡은 그가 무표정한 얼굴로 바라보고 있던 우 사장에게 화를 냈다.

"어떻게 책임질 거야?"

"일단 누구 짓인지 알아보는 게 우선일 거 같아."

역시 아는 사이가 맞았다. 우 사장이 어깨를 으쓱거리고는 덧붙였다.

"어쨌든 남규태 씨 뒤쪽에 서 있던 사람이 범인일 수밖에 없습니다."

나는 그 얘기가 떨어지기가 무섭게 손을 번쩍 들었다.

"전 남규태 씨보다 앞쪽에 있었습니다."

그러자 조민수가 고개를 끄덕거렸다.

"저는 민준혁 씨 옆에 있었어요."

나를 도와주는 것인지 아니면 자기의 결백함을 입증하려는 것인지 알 수 없는 모호한 말이었지만 다른 사람들이 우리 둘이 조민수보다 앞쪽에 서 있는 것을 봤다고 하면서 자연스럽게 용의 선상에서 빠져나갔다. 박선규는 그 시간에 별장의 화장실에 있었고, 김현식은 부두에서 좀 떨어진 곳에 있었다고 얘기했다. 우 사장이 거기서 뭘 했느냐고 묻자 김현식은 손가락으로 담배를 피우는 시늉을 했다. 딱히 알리바이를 증명할 수는 없었지만 남규태의 머리카락이 뽑힐 당시에 근처에 없었기 때문에 자연스럽게 용의 선상에서 멀어졌다. 조민수 옆에 있거나 뒤쪽에 있었던 사람은 이대현과 조성환, 그리고 김기천이었다. 하지만 세 사람 모두 아니라고 손사래를 쳤고, 남규태도 누군지 모른다고 하면서 사건은 그대로 미궁에 빠지고 말았다. 상태가 길게 하품을 하면서 계단을 내려오는 게 보였다. 용의 선상에 오른 조성환이 분통이 터진다는 듯 우 사장에게 소리를 질렀다.

"기껏 데려와 놓고서는 남의 머리카락이나 뽑아 버린 사람으로 만드는 거예요?"

그러자 역시 용의 선상에 오른 김기천도 가세했다.

"그러게요. 지난번에도 머리카락이 뜯겨 나간 참가자 때문에 스트레스만 받고 갔는데 이게 뭐예요. 난 돌아갈래요."

하지만 우 사장은 입가에 묘한 미소만 지은 채 그들을 바라봤다. 마지막에는 잠자코 있던 이대현이 나섰다.

"우릴 부를 때 뭐라고 하셨어요? 다시는 머리카락이 사라지지 않을 거라고 했죠? 나도 당장 나가겠어요."

그러자 여기저기서 동조하는 목소리들이 터져 나왔다. 머리카락 때문에 이렇게 험악해질 수도 있다는 사실이 우습고 놀라웠지만 폭동이라도 날 것 같은 분위기에 눌려 아무 말도 하지 못했다. 소란스러움을 뚫고 우 사장이 말했다.

"죄송하지만 나갈 방법이 없습니다. 아까 폭죽을 쏘아 올리던 보트의 스크루가 뭔가에 부딪쳐서 망가졌답니다."

"다른 보트 부르면 되잖아요!"

이대현이 소리를 쳤지만 우 사장은 어깨를 으쓱거렸다.

"오늘이 금요일이고, 이미 밤 열 시가 넘었다는 걸 잊으셨습니까? 어느 보트 대여업자가 한밤중에 여기까지 오겠습니까?"

"그럼 내일은요?"

"주말이라 관광객들 나르기도 바쁜데 여기까지 올 보트가 있을지 모르겠습니다. 알아보겠지만 큰 기대는 하지 마시기 바랍니다."

이제 별장 안 거실은 폭발 일보 직전까지 흘러갔다. 수사고 뭐고 머리카락 몇 개에 목숨을 거는 사람들 사이에 있는 게 너무 한심했다. 하지만 우 사장은 얄밉게도 한참 어린 학생들에게 존댓말을 써 가면서 말을 이었다.

"저를 붙잡고 윽박질러 봤자 해 줄 수 있는 대답은 이게 전부입니다. 일단 방에서 쉬고 계시면 보트가 마련되는 대로 알려 드리겠습니다."

참가한 학생들은 펄펄 뛰었지만 우 사장의 말대로 딱히 나갈 수 있는 방법이 있는 건 아니었다. 결국 학생들은 온갖 욕설과 저주를 퍼부으면서 하나둘씩 자기 방으로 올라가 버렸다. 덕분에 거실에는 나와 우 사장, 그리고 상태만 남았다. 셋밖에 없는 걸 확인한 다음에 우 사장에게 다가가서 말을 건넸다.

"의심 가는 사람이 있습니까? 현장에서 본 거는요?"

"그런 걸 알아보라고 당신한테 비싼 돈을 준 거잖아요. 알아서 잘 찾아봐요."

우 사장은 지긋지긋하다는 표정을 지으며 현관문 밖으로 사라졌다. 사건을 해결해 주기만 하면 간이라도 빼 줄 것처럼 굴었다가 막상 사건이 터지자 별 관심이 없어 보이는 모습에서 깊은 배신감을 느꼈다. 사건을 해결하면 받기로 한 돈도 문제였지만 머리를 빡빡 밀어 버린 삭발 투혼을 어디서 보상받느냐 이 말이다. 분노의 화살은 여전히 졸린 표정으로 서 있는 상태에게 향했다.

"넌 어디 있었냐?"

"2층에서 자고 있었어요. 절 의심하는 거예요?"

"설마."

상태와 얘기를 나누는데 뒤쪽 정원과 연결된 미닫이 유리문이 열렸다. 조심스럽게 들어온 이아린이 내 눈길을 피해서 2층으로 곧장 올라가 버렸다. 계단 위로 사라지는 그녀의 모습을 바라보고 있는데 상태가 내 소매를 잡아당겼다.

"저 여자 수상해요."

"하긴, 팜므파탈이라는 말이 괜히 나온 건 아니지."

내가 흐릿하게 중얼거리자 상태가 코웃음을 쳤다.

"그게 아니라 아까 정원에서 랜턴 같은 걸 들고 쪼그리고 앉아서 뭔가를 찾고 있었다고요."

"뭘 잊어버렸겠지."

내 얘기를 들은 상태가 고개를 절레절레 흔들었다. 분위기를 바꾸고 생각도 좀 정리할 겸 뭘 먹기로 했다.

"상태야. 식당 가서 라면 먹을까?"

"네."

알코올과 니코틴이 탈모에 안 좋다면 한밤중에 먹는 라면도 안 좋을 것 같긴 했지만 뭐라도 먹지 않으면 이 상황을 견디지 못할 것 같았다. 식당이라고 앙증맞은 팻말이 붙은 문을 열고 들어갔다. 긴 테이블과 주방, 그리고 컵라면이 들어 있을 것 같은 찬장이 보였다. 상태가 의자를 가져다 놓고 올라가서는 찬장에 있는 컵라면을 꺼냈다. 그러고는 전기 포트에 물을 담아 버튼을 눌렀다. 냉장고를 열어 봤더니 플라스틱 통에 김치가 담겨 있어서 작은 그릇에 덜어 식탁에 올려놨다. 그사이 전기 포트의 물이 끓었고, 상태가 컵라면에 물을 부운 후 나무젓가락을 반만 벌려 컵라면 뚜껑을 물려놨다. 식탁이 높은 건지 덩치가 작은 건지 의자에 앉은 상태는 목만 삐죽 올라와 있었다. 라면이 익기를 기다리는 동안 손가락으로 식탁을 두드리면서 곰곰이 생각에 잠겼다. 그러자 맞은편 의자에 앉은 상태가 물었다.

"뭔 생각을 그렇게 해요?"

"생각한 것과 다르게 돌아가잖아. 시작은 나를 위한 무대 같았는데 현실은 뭐, 이런 시궁창이 따로 없으니 말이야."

"설마 내가 범인이라고 이마에 붙이고 다닐 줄 알았던 건
아니죠?"

상태의 비꼬는 소리에 조금 짜증이 났지만 화낼 기분도
아니었다.

"역시 현실은 추리소설과는 다른 거 같아."

모든 게 엉망이었다. 참가자들은 죄다 범인 같았고, 사장
과 직원 사이도 애매모호한 것들이 많았다. 그동안 내가 썼
던 혹은 상상했던 것과는 다른 상황, 이야기 들이 펼쳐진 것
이다. 나랑 같은 생각이었는지 상태도 은근슬쩍 말했다.

"여기에 오면 머리카락을 뽑힌다는 사실을 알면서도 선선
히 따라온 게 이상해요. 다들 머리카락 하나에 목숨을 거는
사람들인데 말이죠."

"그러게. 일단 아까 사건부터 정리해 봐야겠어. 남규태의
머리카락이 뽑혔을 때 근처에 누가 있었는지 봤니?"

내 물음에 상태는 고개를 저었다.

"창문을 열고 불꽃놀이를 보긴 했는데 사람들이 서 있는
쪽은 어두워서 누가 누구인지 잘 안 보였어요."

그렇다면 내 기억에 의존할 수밖에 없었다. 눈을 감은 채
당시 상황을 떠올려 봤다. 나와 조민수는 피해자 남규태보

다 앞쪽에 있었다. 박선규와 김현식은 근처에 없었기 때문에 남은 사람은 이대현과 조성환, 김기천이었다. 하지만 불꽃놀이에 정신이 팔려 있어서 그들이 정확히 어떤 위치였는지 알 수 없었다. 거기다 설사 세 명 중 범인이 있다고 해도 왜 그랬는지 의도를 알 수 없었다.

"같은 대머리들끼리 뭐가 기분 나쁘다고 머리카락을 뽑겠어."

내 중얼거림에 응답하듯 식당 문이 열렸다. 그리고 아까 정원에 있던 이아린이 들어섰다. 스키니한 청바지에 하얀 셔츠 차림의 그녀는 성큼성큼 걸어와서는 찬장의 컵라면을 꺼냈다. 그리고 아주 능숙한 솜씨로 비닐을 벗겨서 둘둘 뭉친 다음 구석에 놓인 쓰레기통에 던져 넣었다. 갑작스러운 그녀의 출현에 우리 둘 다 입을 다물 수밖에 없었다. 전기 포트의 남은 물을 부은 그녀가 의자에 앉으면서 말했다.

"아저씨 정체가 뭐예요?"

의심을 받고 있다는 두려움보다는 '목소리도 괜찮은데'라는 생각이 먼저 들었다. 내가 별 대답을 안 하자 그녀는 나무젓가락을 뜯어서 라면을 휘휘 저었다.

"우 사장한테 무슨 얘기를 들었는지 모르겠지만 괜히 설치지 말아요. 다들 민감한 상황이라 사소한 일도 크게 번질 테니까 말이에요."

경고인지 걱정인지 모를 말을 건넨 그녀는 컵라면을 후르
륵 먹었다. 가만히 듣고 있다가 질문을 던졌다.

"여기 그냥 온 것 같지는 않고 왜 온 거야?"

"탈모에 효과가 있다고 해서요. 그러는 아저씨는 왜 멀쩡
한 머리까지 밀고서 여길 온 거예요?"

아저씨라는 말에 움찔하자 상태가 배시시 웃었다. 애써 분
노를 누르고 말을 하려는데 그녀가 선수를 쳤다.

"에이, 컵라면 맛이 왜 이래?"

젓가락을 탁 내려놓은 그녀가 벌떡 일어나서 식당을 나가
버렸다. 깔끔하게 무시를 당한 내 모습을 본 상태가 얄미운
표정으로 말했다.

"일 대 영!"

그제야 컵라면을 떠올린 나는 서둘러 뚜껑을 벗기고 젓가
락으로 휘휘 저었다. 머릿속에 도무지 풀리지 않는 의문들
이 라면 가닥처럼 엉켰다. 피해자인 남규태에게 물어보는 게
가장 빠르긴 했지만 범인을 보지 못했다고 했으니 쓸데없는
짓 같았다. 일단 먹고 보자는 생각에 라면 가닥을 입에 넣었
다. 라면을 막 다 먹고 일어서려는데 거실에서 시끄러운 소
리가 들려왔다. 나는 본능적으로 벌떡 일어나 식당문을 살

짝 열어 거실을 살펴봤다. 오늘의 피해자인 남규태와 박선규가 얘기를 나누는 중이었다. 박선규가 소파 사이를 왔다 갔다 하면서 떠들었다.

"내가 오지 않겠다고 했잖아요. 지금이라도 여길 나갈 거예요."

그러자 마찬가지로 소파 사이에서 서성거리던 남규태가 대꾸했다.

"밤중에 배도 없는데 어떻게 나가겠다고 그래?"

"산으로 넘어가면 되잖아요. 산 너머에 도로가 있으니까 거기까지만 가면 휴대폰도 터지고 택시도 있을 거예요."

"됐어. 내일 얘기해서 보트 타고 나가자."

뜯어말리는 남규태와 걸어서라도 나가겠다는 박선규의 얘기를 들으면서 상황이 뒤바뀐 게 아닌가 싶었다. 정상적이라면 머리카락이 뜯긴 남규태가 여기서 나가자고 해야 하는데 오히려 나가려는 박선규를 뜯어말리는 중이었다. 거기다 한참 나이가 많은 남규태가 쩔쩔매는 형국이었다. 좀 더 얘기를 잘 듣기 위해 자세를 고쳐 잡다가 무심코 문고리를 잡은 손에 힘을 주고 말았다. 그러자 삐걱거리는 소리가 들렸고, 둘의 얘기는 뚝 끊겼다. 고개를 돌린 남규태가 소리쳤다.

"거기 누구야!"

당장이라도 달려올 것 같아서 얼른 식탁에 놓인 빈 컵라면을 들고 식당 문을 열었다. 그러곤 아무것도 모른다는 눈빛으로 남규태에게 말했다.

"라면 드실래요?"

남규태가 코웃음을 쳤다.

"누군가 했더니 우 사장의 쥐새끼였네."

"뭐라고?"

"내가 모를 줄 알아? 딱 보인다고."

당장이라도 멱살을 잡힐 것 같은 분위기가 흐르는 찰나 2층에서 귀청이 찢어질 것 같은 비명 소리가 들려왔다.

두 번째 피해자는 이대현이었다. 목욕을 하고 있었는지 홀랑 벗은 채 줄무늬 사각팬티만을 입고 바닥에 앉아 있던 이대현은 문을 박차고 들어온 일행을 향해 흐리멍텅한 목소리로 말했다.

"내 머리칼."

소리를 듣고 별장 안에 있던 참가자들과 스태프들이 하나둘씩 모였다. 이대현의 머리카락은 침대의 하얀 시트 위에 흩뿌려져 있었다. 박선규가 어찌된 일이냐고 묻자 이대현이 입을 열었다.

"샤워를 하고 있는데 갑자기 누가 뒤에서 수건으로 얼굴을 감싸더니 뒤에 남은 머리카락을 뜯어 갔어. 뒤통수 쪽에는 이거밖에 안 남았는데……."

이대현은 어린아이처럼 펑펑 울었다. 사람들이 얘기를 나누는 사이, 나는 사건 현장인 샤워실 안으로 들어섰다. 방금 샤워를 해서 그런지 세면대 앞 거울에 뿌연 수증기가 끼어 있었다. 화장실을 겸한 샤워실은 문을 열고 들어가면 세면대와 거울, 샤워기가 보였고, 왼쪽으로 변기가 있었다. 샤워를 하기 위해서는 문을 등지고 있어야 하는 구조여서 누군가 뒤로 들어와도 모를 수밖에 없었다. 범행에 사용된 것으로 보이는 붉은색 수건은 문 옆에 던져져 있었다. 조민수가 이대현을 다그쳤다.

"처음은 그렇다고 쳐도 나중에라도 그놈 모습을 봤을 거 아냐."

"못 봤어. 뭔가 얼굴을 확 감싼 다음엔 뒤로 질질 끌려 나오느라 정신이 없었어."

둘이 얘기를 주고받는 걸 들으면서 침대 위에 흩뿌려져 있는 잘린 머리카락을 만져 봤다. 뽀송뽀송한 머리카락을 만지작거리다가 도로 침대 위에 떨어뜨렸다. 그리고 샤워실과 바깥으로 이어진 바닥을 살펴봤다. 아직 마르지 않은 물방

울들이 마치 핏방울처럼 흩뿌려져 있었다. 머릿속으로 상황을 그려 봤다.

"수건으로 머리가 가려져서 밖으로 끌려 나왔고……."

내가 눈짓을 하자 상태가 문을 확 젖혔다. 방이 별로 크지 않아서 서너 걸음만 떼면 문밖으로 나갈 수 있었다. 미심적은 눈으로 나를 바라보는 사람들의 시선을 무시한 채 복도로 나갔다.

"일자형 복도고, 비명 소리가 들리자마자 사람들이 계단을 타고 올라왔으니까 시간상 범인과 마주쳤어야 했는데 말이야."

계단과 이어지는 복도를 바라보면서 중얼거렸다. 그러자 상태가 재빨리 정원 쪽으로 난 창문을 살펴보더니 고개를 저었다.

"창문으로는 못 나가요."

상태 말대로 여닫을 수 있는 문이 아니라 통유리라서 깨고 나가지 않는 이상 불가능했다.

"그럼 남은 건?"

복도 끝에 있는 비상구뿐이었다. 사람들의 시선을 뒤로 한채 비상구 쪽으로 다가가서 문고리를 잡았다. 하지만 문고리는 꼼짝도 하지 않았다. 두 번 세 번 돌려 봤지만 꿈쩍도 하지 않았다. 내가 낑낑대고 있는 걸 본 정연태가 말했다.

"거긴 사장님 지시로 잠가 놨습니다."

"왜요?"

고개를 돌린 내가 묻자 잠시 참가자들의 눈치를 살핀 정
연태가 대답했다.

"학생들이 비상구 밖에서 자꾸 담배를 피운다고 해서
요."

"열쇠를 가지고 있는 사람은요?"

"밖에서 케이블타이로 문고리랑 손잡이를 묶어 버린 겁니
다."

정연태의 설명을 듣고는 나도 모르게 중얼거렸다.

"완전 밀실이네."

앞쪽은 거실에서 올라온 일행들이 막고 있었고, 창문과 비
상구는 막혀 있다는 결론이 나자 자연스럽게 남은 한 군데
로 시선이 향했다. 비상구와 이대현의 방 사이에 있는 유일
한 방이었다. 문에는 그 방에 머무는 사람의 이름이 적혀 있
었다. 사람들의 시선이 자연스럽게 그곳으로 향하는 가운데
조민수가 그 이름을 입에 올렸다.

"이아린이라는 여자애 방이잖아. 그런데 이 난리통에도
모습을 보이지 않는군."

그 얘기는 이아린이 또 다른 희생자일 수도 있다는 뜻이었다. 덜컥 겁이 났지만 사람들이 주변에 몰려 있었기 때문에 용기를 내서 문을 열었다. 삐걱거리는 소리와 함께 문이 열리면서 방 안의 모습이 들어왔다. 방에는 아무도 없었다. 역시 여자 방이라서 그런지 향기부터 달랐다. 내 뒤를 따라온 상태가 말했다.

"창문이 열려 있어요."

상태 말대로 침대 쪽 벽면에 있는 창문이 활짝 열려 있었다. 아래쪽 절반만 위로 올릴 수 있는 방식이라서 낑낑대면서 기어나가야 했지만 어쨌든 이아린 정도의 체구를 가진 아가씨라면 빠져나갈 수는 있었다. 창밖으로 고개를 내밀고 주머니에서 꺼낸 소형 플래시를 켰다. 하지만 빛이 휘저은 어둠 속에서 그녀의 흔적을 찾아볼 수 없었다. 다시 방 안을 살펴봤다. 침대 옆에 붙어 있는 책상에는 그녀의 것으로 보이는 화장품 몇 개가 있었고, 의자에는 그녀가 메고 왔던 가방이 덩그러니 놓여 있었다. 방 안의 상황이 들려주는 얘기는 명백했다.

"어딘가 어수선해 보인단 말이야. 물건을 제대로 챙겨 나가지 않았어. 갑작스럽게 움직였다는 얘긴데."

내 중얼거림을 들은 상태가 물었다.

"도망쳤다는 얘기예요?"

이게 무슨 뜻인지 곰곰이 생각하고 있는데 몇 발자국 떨어진 곳에서 얘기를 듣던 조민수가 나에게 물었다.

"아저씨 형사예요?"

그러자 상태가 대답했다.

"탐정이에요. 개봉동 셜록 홈스."

수사의 첫 번째 원칙은 비밀 유지라고 그렇게 말했건만 날름 얘기해 버리고 말았다. 탐정이라는 말에 다들 어릴 때 자기 꿈이 탐정이었다는 둥, 근데 생긴 게 왜 저러냐는 둥 웅성거리면서 한마디씩 했다. 이왕 이렇게 된 거 공개수사로 전환하는 게 좋겠다 싶었다.

"나는 우형수 대표로부터 머리카락을 뜯어 가는 범인을 찾아 달라는 의뢰를 받고 여기 온 거야."

그러자 조성환이 코웃음을 쳤다.

"어쩐지 짭새 냄새가 좀 나더라."

"짭새 아니고 탐정이야. 일단 조사를 더 해야 하니까 각자 방으로 돌아가 있어. 내일 아침에 본격적으로 조사를 할 테니까."

그렇게 사람들을 몰아낸 후 그녀의 방에는 나와 상태만 남았다. 상태에게 가방을 열어 보라고 하자 녀석이 펄쩍 뛰었다.

"그렇게 함부로 뒤지다가 나중에 문제가 되면 어쩌려고
요?"

살짝 마음에 걸리기는 했지만 넘치는 호기심이 우선이었
다. 푸른색 고릴라가 달린 가방의 지퍼를 열고 내용물을 침
대 위에 쏟아부었다. 이러다 속옷이나 생리대 같은 민망한
게 나오는 게 아닌가 걱정했는데 다행히 그런 것들은 없었
다. 대신 엉뚱한 것들이 있었다. 손에 들어갈 만한 작은 녹음
기와 디지털 카메라, 내가 가지고 다니는 것과 비슷한 택티
컬 라이트, 케이블 타이 같은 것들이 나왔다.

"인디아나 존스야?"

옆에 서 있던 상태가 멀티툴을 집어 들면서 물었다.

"이건 뭐예요?"

"맥가이버 칼 같은 거야. 내 거보다 비싸 보이네."

"어디 잠입이라도 하려고 했나 봐요."

상태에게서 멀티툴을 건네받고 살펴보던 나도 같은 생각
이었다. 분위기가 심상치 않다 싶었는데 뭔가 다른 꿍꿍이
속이 있었던 게 틀림없었다. 그때 문이 벌컥 열리면서 우 사
장이 들어섰다.

"탈모범을 잡았다면서요."

얼떨결에 들고 있던 멀티툴을 주머니에 집어넣은 채 돌아선 나는 고개를 저었다.

"아직 확실한 건 아닙니다."

그렇지만 우 사장은 내 얘기에는 귀를 기울이지 않았다. 침대 위에 쏟아 놓은 물건들을 보더니 확신에 찬 목소리로 말했다.

"어쩐지 의심스러웠습니다. 대체 어디로 간 겁니까?"

나는 대답 대신 어깨를 으쓱해 보였다. 그러자 열려 있는 창문 쪽으로 다가가 바깥을 살펴보던 우 사장이 중얼거렸다.

"들키니까 도망친 모양이네."

상황이 이상하게 돌아가는 것 같아서 창밖을 내다보는 우 사장에게 말했다.

"아직 범인이라고 단정 짓기 어렵습니다. 그리고 설사 이번 일의 범인이라고 해도 앞선 캠프에서 벌어진 사건까지 이 아가씨 짓이라고 보기는 어렵습니다."

"공범이 있었겠죠. 아니면 공범이거나. 서울로 돌아가는 대로 변호사를 만나 봐야겠습니다."

제멋대로 결론을 내린 우 사장이 갑자기 손을 내밀었다.

"역시 소문대로 명탐정이네요. 돌아가면 약속한 보수에 더 얹어 드리죠."

악수를 나눈 우 사장이 문밖으로 사라진 다음에도 나는 여전히 침대 위에 흩뿌려진 그녀의 물건들에서 눈을 떼지 못했다. 탈모 치료가 아닌 다른 목적이 있는 게 분명했다. 그렇게 탐정의 밤은 깊어 갔다.

다음 날 아침, 영양사 우지현이 차려 준 현미죽으로 배를 채운 참가자들 앞에 우 사장이 나타났다. 일행을 데리고 나갈 보트를 구하기 어렵다면서 자신이 직접 가 보겠다고 얘기했다.

"일단 제가 소양강댐의 선착장으로 가서 다른 보트를 가져오겠습니다."

"얼마나 걸리는데요?"

이대현의 물음에 우 사장이 살짝 이마를 찡그렸다.

"창고에 사륜 바이크가 있어서 그걸 타고 나갈 겁니다. 산을 넘어가서 다시 호수를 빙 돌아 선착장까지 도착하려면 최소한 서너 시간은 걸리겠죠."

우 사장의 얘기를 들은 덤 앤 더머 중 한 명인 김현식이 손을 들었다.

"거기에 한두 사람 더 탈 수 있지 않습니까?"

"저 혼자라면 자신 있지만 뒤에 누구를 태우고 산을 넘어갈 자신은 없습니다. 그리고."

질문을 한 김현식을 뻔히 쳐다본 우 사장이 씩 웃으면서
말을 이어갔다.

"저랑 단둘이 있으면 위험하지 않겠습니까?"

농담인지 진담인지 분간이 가지 않는 얘기에 김현식이 찔
끔했다. 불량스럽기는 해도 아직 어른을 이길 정도는 아니
었다. 얘기를 마친 우 사장은 별장 옆에 있는 직원 숙소 쪽
으로 사라졌다. 식사를 마친 학생들은 삼삼오오 흩어져서 담
배를 피우거나 낮잠을 자기 위해 자기 방으로 올라갔다. 상
태에게 지시를 하고는 현관 밖으로 나왔다. 사륜 바이크를
끌고 나온 우 사장이 헬멧을 쓰고 시동을 거는 것이 보였다.
그런 우 사장 옆에 심리상담사 정연태가 서서 말을 건네는
중이었다.

"약속한 거랑 다르잖아요, 사장님."

"다르긴 뭐가 달라! 시키는 대로 해!"

우 사장의 말을 들은 정연태가 입가를 실룩거리며 돌아섰
다. 나는 별장으로 돌아가는 정연태의 곁을 지나 우 사장에
게 헐레벌떡 달려가 물었다.

"잠깐만요. 어젯밤에 이아린 씨를 본 적 없으세요?"

"숙소에 누워 있다가 뒤늦게 얘기를 듣고 나왔습니다. 어
제 일정 안내하고 해산한 뒤로는 보지 못했습니다.

고개를 저은 우 사장은 시동을 건 사륜 바이크를 몰고 곧장 언덕 너머로 사라져 버렸다. 그가 남긴 먼지를 바라보다가 나는 고개를 돌려 별장 2층 쪽을 바라봤다. 2층에 있는 이아린의 방 창문을 열고 상태가 손을 흔드는 게 보였다. 이아린의 방 창문과 직원 숙소와의 거리를 대충 가늠한 다음 상태에게 복도 끝에 있는 비상구 쪽으로 오라고 소리쳤다. 그리고 곧장 철제 계단을 올라갔다. 정연태의 말대로 비상구는 케이블 타이로 문고리와 난간이 단단히 묶여 있었다. 바깥쪽으로 열어야 했기 때문에 이렇게 묶여져 있으면 문을 부수지 않는 한 나올 수가 없었다. 한쪽 무릎을 꿇고 케이블 타이로 묶인 문고리와 난간 주변을 살폈다. 철제 계단 바닥에는 바람에 날려 온 낙엽과 먼지가 제법 쌓여 있었다. 그때 상태가 올라오는 소리가 들렸다.

"뭐 좀 찾았어요?"

"불가능한 것들을 제외하고 남는 것이 진실이지. 아무리 이상하다고 해도 말이야."

"또 홈스가 한 얘기예요?"

"「녹주석 보관」. 1892년 『스트랜드 매거진』에 발표한 단편이지."

근엄한 표정으로 셜록 홈스의 어록을 읊조렸지만 상태는

시큰둥한 표정이었다.

"백이십 년 전 작품이 뭐가 좋다고……."

주머니에서 어제 챙긴 이아린의 멀티툴을 꺼내 톱날 모양의 요철이 있는 칼날을 폈다. 그리고 마치 톱질을 하듯 케이블 타이를 잘랐다. 8자 매듭이라서 양쪽을 한 번씩 자르느라 시간이 좀 걸렸다. 케이블 타이를 끊고 문고리를 돌리자 문이 활짝 열렸다. 복도 끝에서 안으로 들어가자 방에 있던 이대현이 문을 열고 고개를 살짝 내밀었다.

"뭐하고 있어요. 탐정 아저씨?"

"수사 중이란다. 안 그래도 몇 가지 물어볼 게 좀 있는데."

상대방의 대답을 듣기 전에 먼저 방 안으로 들어갔다. 그러자 우물쭈물하던 이대현이 마땅찮은 표정으로 뒷걸음질쳤다. 들어가자마자 샤워실 쪽을 살펴보면서 어제 머릿속에 떠올렸던 생각들을 정리해 봤다. 희뿌연 안개 속 같던 정황이 차츰 명확해졌다. 자신감을 얻은 나는 단호하게 말했다.

"어제 일을 다시 얘기해 줄래?"

그러자 몇 번 눈을 깜빡거린 이대현이 샤워실 쪽을 쳐다보면서 말했다.

"그러니까 들어와서 샤워를 하고 있었어요. 그런데 갑자기 뭐가 얼굴에 씌워졌고, 그 상태로 발버둥을 치면서 밖으로 끌려 나오는데 뒤통수에서 확 불이 나는 것 같았어요."

"그리고 수건을 저쪽에 내팽개치고 머리카락은 침대 위에 던져 버린 다음에 밖으로 나갔지. 얼굴은 못 봤니?"

"응. 워낙 경황이 없어서요."

불안해하는 이대현의 표정을 슬쩍 살펴봤다.

"이따가 부르면 아래층 거실로 내려와."

이대현이 어정쩡하게 고개를 끄덕거렸다. 복도로 나오자마자 상태가 말했다.

"저 고딩 거짓말한 거죠?"

속으로 제법이라고 생각하면서 짐짓 모르는 척 물었다.

"왜 그렇게 생각하는데?"

"그 아가씨가 범인이라면 덩치가 안 맞잖아요. 아무리 수건으로 얼굴이 감싸졌다고 해도 끌려 나와서 머리카락이 뜯겨져 나갈 때까지 그냥 당하고 있었겠어요?"

상태의 얘기를 듣고 나도 모르게 감탄사를 내뱉었다.

"역시 천재 탐정을 따라다니더니 실력이 많이 늘었어."

녀석이 당치도 않다는 표정으로 콧방귀를 뀌었다. 복도로 나와서 계단으로 내려갔다. 거실에는 남규태와 학생들이 얘기를 나누는 중이었다. 계단을 내려오는 발자국 소리가 들리자 다들 얘기를 멈추고 나를 바라봤다. 나는 남규태에게 다가갔다.

"물어볼 게 있는데요."

좀 떨어진 곳에서 얘기하자는 눈빛을 보내자 그가 엉거주춤 일어났다. 현관 밖으로 나선 나는 뒤따라 나온 남규태에게 물었다.

"어젯밤 불꽃놀이를 보다가 머리카락을 뜯기셨을 때 뒤에 누가 있는지 봤어요?"

"너무 어두워서 제대로 못 봤는데."

남규태는 착 가라앉은 눈빛으로 대답했다. 더 얘기하고 싶지 않다는 표정이 역력한 것을 확인한 나는 가만히 고개를 끄덕거렸다.

"알겠습니다. 미안한데 애들한테 30분 후에 식당에 다 모이라고 얘기해 주시겠습니까."

말을 마친 나는 대답을 듣지 않고 현관문 안으로 들어서서 곧장 방으로 돌아왔다. 그리고 방 안을 빙빙 돌면서 지금까지 봤던 것들, 그리고 그 안에 담긴 진실들을 하나씩 정리했다. 처음에는 보이지 않던 것들이 현장과 증언, 그리고 증거들을 찾으면서 차츰 명백해졌다. 뒤따라 들어와서 침대에 걸터앉아 있던 상태가 말했다.

"범인이 누군지 알겠어요?"

"범인을 찾으려고 하지 말고 사건에 집중해 봐."

여전히 의문점들이 없진 않았지만 30분이라는 시간을 둔 것은 마지막으로 확인해야 할 것이 있었기 때문이다. 나는 상태를 앉혀 놓고 할 일을 지시했다. 지시를 받은 상태가 아까 열어 둔 비상구로 나가는 것을 확인한 다음 아래층으로 내려갔다. 거실에는 피해자인 남규태와 이대현을 비롯한 참가자들과 스태프인 조현미와 정연태, 그리고 우지현이 기다리고 있었다. 소파와 거실 여기저기에 흩어져 있던 이들의 시선이 일제히 모이자 나도 모르게 온몸이 짜릿해 왔다. 왜 탐정이 굳이 관련자들을 모아 놓고 이러쿵저러쿵 떠들면서 범인을 지목하는지 알 것 같았다. 잠깐 뜸을 들인 후에 입을 열었다. 드디어 희대의 연쇄 탈모범에 관한 진실을 밝힐 때가 온 것이다. 반말로 하려다가 어른들도 끼어 있어서 존댓말을 쓰기로 했다.

"저는 우 사장의 부탁을 받고 캠프 참가자들의 머리카락이 사라지는 사건을 조사하기 위해 여기에 합류했습니다. 제가 있는 동안 두 건의 사건이 벌어졌고, 피해자는 남규태 씨와 이대현 학생입니다."

사람들의 시선은 소파에 앉아 있는 이대현과 그 뒤에 서 있는 남규태에게 몰렸다.

"남규태 씨는 엊그제 저녁에 불꽃놀이를 보다가 피해를 당했고, 이대현 학생은 방에서 샤워를 하다가 당했습니다. 두 건 모두 피해자가 범인이 누군지 알지 못합니다."

나는 잠깐 뜸을 들인 다음에 말을 이어갔다.

"우 사장은 이번 캠프에서는 기필코 범인을 잡겠다면서 용의자들을 모두 불러 모으겠다고 했습니다. 그러니까 여기 오신 분들은 모두 잠재적인 범인들이었던 셈이죠."

내 얘기를 들은 참가자들은 서로의 얼굴을 바라보면서 웅성댔다. 그런 그들의 모습을 보면서 얘기를 이어갔다.

"어제 일어난 두 번째 사건에 대해서 우선 말씀드리죠. 일단 피해자는 저에게 샤워를 하는 도중에 습격을 받아서 머리카락이 잘렸다고 했습니다. 하지만 침대 위에 뿌려진 머리카락은 물에 젖지 않은 뽀송뽀송한 상태였습니다."

내 얘기가 끝나기 무섭게 소파에 앉아 있던 이대현이 벌떡 일어났다. 뭔가 말을 하려고 했지만 나는 입을 다물라는 손짓을 했다. 이대현은 자리에 도로 주저앉았다.

"거기다 수건으로 얼굴이 가려져서 범인을 볼 수 없다고 했습니다. 하지만 문제의 수건은 샤워실 입구에 놓여 있었고, 바닥에 물이 묻은 자국도 입구에서 끝났습니다. 얘기한 대로 샤워 중 수건에 얼굴이 감싸인 채로 끌려 나온 게 아니라 자기 손으로 머리카락을 뜯어서 침대에 던져 놓고 샤워를 하고 수건으로 몸을 닦은 겁니다."

"그럼 자작극이라는 얘기야?"

멍한 얼굴로 듣고 있던 남규태의 물음에 나는 고개를 끄덕거렸다.

"결론은 그렇습니다."

그러자 질문을 던진 남규태가 말도 안 된다며 목소리를 높였다.

"무슨 이유로 자작극을 벌였다고 보는 건데."

"처음에는 우 사장이 싫어서 그랬다고 생각했습니다. 사실 여기 온 사람들 모두 어떤 이유에서건 우 사장과 사이가 나쁜 분들이니까요. 그렇게 조사를 하다가 이아린이 감쪽같이 사라진 걸 발견했습니다. 그리고 자연스럽게 그녀가 범인으로 지목이 되었죠. 나중에 나타난 우 사장이 거기에 쐐기를 박았습니다. 거기에서부터 의심이 시작되었습니다."

"의심이라뇨? 제가 우 사장과 짰다는 얘기예요?"

자리에 앉아 있던 이대현이 벌떡 일어나서 삿대질을 했다. 반질반질한 이마가 마치 용암처럼 붉게 달아올랐다. 원래 추리소설에서는 이런 상황에서 용의자들이 얌전하게 얘기를 듣는 게 전부였기 때문에 덜컥 겁이 났지만 다행히 조민수가 나서 줬다. 일단 얘기를 들어 보자는 말에 이대현이 끙 하는 신음 소리와 함께 도로 소파에 앉았다.

"그녀가 범인으로 지목된 이유는 사라졌기 때문입니다. 다들 창문을 통해 밖으로 도망쳤다고 생각했고 말입니다. 하지만 그녀가 창밖으로 도망을 쳤다면 바로 옆에 떨어져 있는 직원 숙소에 있다가 이쪽으로 달려온 우 사장이 못 볼 리가 없습니다. 아까 제 조수에게 이아린 방의 창문을 열어 보라고 하고 직접 확인한 사실입니다."

내 얘기가 끝나고 침묵이 이어지는 가운데 조민수가 입을 열었다.

"그러니까 이아린을 범인으로 몰기 위해서 사라지게 했다 이 말인가요?"

"맞아. 정확하게는 이아린을 납치하기 위해서 벌인 짓이죠."

납치라는 얘기를 듣자마자 이대현이 벌떡 일어나 큰소리로 말했다.

"납치? 아저씨 지금 소설 써요?"

나는 주머니에서 꺼낸 케이블 타이 조각을 이대현에게 보여 주면서 말했다.

"내가 납치라고 생각한 결정적인 단서는 바로 이겁니다."

"그게 뭔데 날 우 사장이랑 공범으로 몰아요!"

"잠겨 있던 비상구 바깥쪽 계단에 있던 케이블 타이 조각입니다. 정연태 씨가 케이블 타이로 막아 놨다고 해서 처음부터 문이 막혀 있었던 것으로 알고 있었죠. 하지만 바닥에 떨어진 케이블 타이 조각을 보면 최소한 한 번은 절단되었다가 새로 묶여졌다는 것을 의미합니다. 그러니까 누군가 케이블 타이를 절단하고 비상구를 통해 2층으로 들어온 다음에 방에 있던 이아린을 납치해서 도로 끌고 나간 거죠. 그리고 케이블 타이로 다시 문고리를 막아 버린 것이죠. 바닥에 떨어진 케이블 타이 조각은 그때 끊겨진 걸 겁니다. 이대현 학생의 머리카락이 뜯긴 사건은 자작극인 동시에 그녀가 사라졌다는 것을 감추기 위한 것이었어요."

"이 학생이 왜 그런 짓을 했다는 거야. 도통 이유를 모르겠네."

남규태가 주먹코를 손으로 긁으면서 중얼거렸다. 덤 앤 더머인 김현식과 김기천도 미심쩍은 눈길로 나를 바라봤다. 비장의 카드를 꺼내야 할 때가 왔다고 느낀 나는 곧장 남규태를 바라봤다.

"이아린이 왜 이곳에 왔는지는 아저씨가 설명해 줄 겁니다."

사람들의 시선이 쏠리자 남규태 씨는 험상궂은 외모에 어울리지 않게 얼굴이 붉어졌다.

"그걸 내가 왜?"

"불가능한 것들을 제외하고 남는 것이 진실이니까요. 아무리 이상하다고 해도 말입니다."

남규태 씨가 여전히 입을 다물고 있자 내가 먼저 설명을 시작했다.

"첫날 저녁 선착장에서 머리카락이 없어졌다고 하셨죠? 당신은 우 사장과 경영권을 놓고 다툼을 벌인 일이 있습니다. 거기다 머리카락이 없어지는 사건이 벌어졌는데도 오히려 떠나겠다는 학생을 만류했습니다."

얘기를 마친 나는 박선규를 바라봤다. 뻘쭘하게 앉아 있던 박선규가 우물쭈물하다가 입을 열었다.

"그, 그러니까 머리카락이 뽑히기 싫어서 안 온다고 했는데 아저씨가 캠프에 오면 돈을 주겠다고 해서……."

사람들 사이에서 조용한 탄식이 일어났다.

"결정적인 건 남규태 씨의 머리카락이 뽑히는 사건이 벌어졌을 때 이아린이 정원에 있었다는 겁니다. 제 조수 얘기로는 뭔가를 열심히 찾고 있었다고 하던데 말이죠. 첫 번째 탈모 사건은 아마 이아린이 정원에서 뭔가를 찾도록 하기 위한 남규태 씨의 자작극이 아니었나 싶습니다."

뭔가 말을 하려고 하던 남규태는 마른침을 삼키고 입을 다물었다. 역시 사람들은 탐정의 말을 잘 듣는다고 속으로 생각하면서 말을 이어갔다.

"사람들이 오해하는 것 중에 하나의 사건에는 반드시 하나의 의도만 있다고 생각하는 겁니다. 하지만 처음부터 끝까지 의도대로 가는 경우는 없습니다. 여러 가지 의도와 돌출 행동 들이 모이면서 뜻밖의 방향으로 진행되기도 하죠. 이번이 바로 그런 케이스입니다. 혹시『오리엔트 특급 살인』이라는 소설을 아십니까?"

아무도 대답을 하거나 고개를 끄덕거리지 않았다. 사람들이 이렇게 무식할 수 가 있나 속으로 생각하면서 입을 열었다.

"그 소설에서 보면 열차 안에 있던 사람들이 모두 범인이라는 사실이 뒤늦게 밝혀집니다. 사실 여기 있는 학생이나 스태프 모두 범인이라고 봐도 무방할 정도로 우 사장과 사이가 틀어져 있습니다."

이번 사건을 추리할 때 가장 어려웠던 부분이었다. 하지만 케이블 타이 조각을 찾아내고 차분히 생각하자 쉽게 풀려 나가기 시작했다. 설마라고 생각했던 가설들을 하나하나 맞추다 보니까 정답을 찾은 것이다.

사람들은 여전히 침묵을 지킨 채 내 얘기를 기다렸다. 현관문이 살짝 열렸지만 다들 내 얘기에 정신이 팔려 있느라 신경을 쓰지 못했다.

"저는 범인을 찾기 위해 용의자들을 모아 주겠다는 우 사장의 얘기를 그대로 믿었습니다. 하지만 정작 용의자들은 우 사장과 손을 잡았거나 혹은 다른 꿍꿍이속이 있었던 것이죠. 그게 뭔지는…….'"

잠깐 뜸을 들이다가 현관문 쪽을 바라보면서 말했다.

"이아린 씨가 말해 줄 것 입니다."

짜증이 가득한 얼굴로 나타난 이아린은 소파에 앉아 있던 이대현을 가리키면서 소리쳤다.

"아빠! 저 자식 잡아요!"

그녀의 얘기가 나오자마자 이대현은 소파에서 일어나 도망치려고 했지만 남규태가 어깨를 잡고 그대로 눌러 버렸다. 박력 있게 등장한 이아린은 씩씩대면서 들어섰고, 상태가 코를 후비면서 뒤따라 들어왔다.

"어디서 찾았니?"

"별장 지하실에서요."

상태의 그다음 얘기는 더 충격적이었다.

"지하실 입구에 시너랑 휘발유랑 잔뜩 있던데요."

그 얘기를 듣자 이번에는 정연태가 슬금슬금 눈치를 보더니 도망칠 기미를 보였다. 하지만 다른 참가자들이 억지로 그의 팔을 잡아다가 소파에 앉혀 버렸다. 파랗게 질린 얼굴을 한 정연태가 기어들어 가는 목소리로 말했다.

"저, 그러니까, 저기……. 제가 전기장판을 켜 놨거든요."

"한여름에 웬 전기장판?"

내가 뜬금없다는 듯 되묻자 상태가 호들갑을 떨었다.

"그러고 보니 옆에 전기장판도 있었어요. 그걸로 불을 내려고 했나 봐요."

상태의 말에 사람들의 시선이 일제히 정연태에게 쏠아졌다. 사람들의 손아귀에 눌린 정연태가 입을 열었다.

"사장님이 시킨 겁니다."

멘붕에 빠진 사람들에게 이아린이 말했다.

"일단 밖으로 나가요. 지금 기름통 위에 앉아 있는 꼴이에요."

사람들이 우르르 밖으로 나가는데 이아린이 내게 다가왔다. 구해 줘서 고맙다는 얘기를 하려나 싶어서 기다리고 있는데 손을 먼저 내밀었다. 악수를 하자는 얘긴가 싶어서 손을 내미는데 그녀가 말했다.

"내놔요."

"뭐, 뭘?"

"내 멀티툴이요. 저 꼬맹이 말이 아저씨가 가지고 있다고 하던데요."

나는 그녀의 기세에 눌려 두말없이 주머니에 있던 멀티툴을 건넸다. 멀티툴을 챙긴 그녀는 뒤도 돌아보지 않고 밖으로 나갔다. 2층에 있는 짐들을 가지러 갈까 했지만 밖에서 상태가 얼른 나오라고 호들갑을 떨어서 포기하고 현관 밖으로 나왔다.

별장 밖으로 나온 사람들이 선착장 앞에 모였다. 망망대해 같은 호수를 앞에 두고 남규태가 이아린에게 말했다.

"괜찮냐?"

"네. 아빠."

두 사람의 얘기를 들은 참가자들은 모두 뜨악한 표정으로 바라봤다. 그러자 남규태가 너털웃음을 지었다.

"다행히 엄마를 닮았어."

그러는 사이 학생들과 다른 스태프들에게 닦달을 당한 정연태는 일의 전모를 털어놨다.

"그러니까 사장님이 이아린을 시너랑 휘발유가 있는 지하 창고에 가둔 다음에 저보고 상담실에 있는 전기장판을 켜서 불을 내라고 했습니다."

"전기장판으로 무슨 불을 낸다고 그래?"

흥분한 남규태의 말에 정연태가 별장 쪽을 바라보면서 말했다.

"중국산 싸구려 전기장판에 칼집을 살짝 내고 접으면 합선이 되면서 불이 금방 붙거든요."

옆에 있던 조성환이 소리쳤다.

"전기장판은 언제 켰는데?"

"아까 사장님이 떠나고 바로 켰습니다. 전 무섭다고 안 한다고 했거든요."

그것이 정연태가 우 사장에게 약속과 다르다고 항의를 한 이유였다. 사람들은 우 사장이 자신들을 죽이려고 했다는 사실에 분개했다. 심지어 우 사장과 손잡고 이아린의 납치에 가담한 이대현도 자기도 속았다고 목소리를 높였다.

그러는 사이, 별장 안에서 연기가 치솟았다. 1층 창문을 통해 새어 나오던 연기는 삽시간에 불길로 변했다. 바람을 타고 매캐한 냄새가 날아왔다. 영화에서 나온 것처럼 한번에 폭파되지는 않아서 한숨을 돌리긴 했지만 맨손으로 불을 끌 수는 없었다.

결국 선착장에 옹기종기 모인 참가자들은 자연스럽게 이아린과 남규태 주변에 몰려들었다. 마지막 퍼즐을 맞추지 못했던 나 역시 두 사람에게 나머지 얘기를 맡겼다. 내게 건네받은 멀티툴이 멀쩡한지 살펴보던 이아린이 입을 열었다.

"사실 전 아버지가 어머니와 이혼하면서 오랫동안 떨어져 살았어요. 그러다 아버지를 다시 만나게 되었는데 거지꼴이 되어 있지 뭐예요."

딸에게 거지라는 얘기를 들었지만 남규태는 뭐가 좋은지 실실 웃기만 했다.

"왜 그런가 알아봤더니 동업자에게 속아서 한 푼도 못 챙기고 쫓겨났더라고요."

"그 동업자가 바로 우 사장이지?"

내 물음에 그녀가 고개를 끄덕거렸다.

"아버지가 좀 순진하신 편이라 서류를 잘 챙기지 못해 재판에서 지고 말았죠. 그래서 훼방을 할 생각으로 참가한 학생에게 돈을 줘서 다른 학생의 머리카락을 뜯으셨다고 하셨어요. 전 그런 방법으로는 복수를 하지 못하니까 좀 더 건설적인 방법을 찾자고 했죠."

"그 건설적인 방법이 바로 여기 어딘가에 있었군."

"아버지가 투자했다는 사실을 증명할 서류가 바로 저 별장에 있다고 해서 참가자인 척하고 들어온 거였어요."

"첫날 남규태 씨의 자작극 소동 때 정원에서 찾고 있었던 게 바로 그거였나요?"

이아린이 불쏘시개가 되어서 타오르고 있는 별장을 바라보면서 대답했다.

"정확하게는 지하에 있다고 했던 비밀 창고였어요. 이 별장을 지은 건설업자에게 들었죠."

"그 후에 우 사장에게 납치를 당한 거고."

"네. 아무래도 첫날 정원을 살펴보던 걸 누가 보고 우 사장에게 말했나 봐요. 저녁때 잘 준비를 하고 있는데 갑자기 정연태와 들이닥쳐서 입을 막고는 손발을 묶은 다음에 지하실로 끌고 내려갔어요."

그녀의 얘기를 들으면서 미심쩍은 부분들의 퍼즐이 맞춰졌다.

"비상구로 데리고 내려갔겠군. 그냥 사라져 버리면 사람들이 찾으러 다닐 것 같으니까 이대현으로 하여금 머리카락이 뽑혔다고 소동을 부리게 해서 자연스럽게 당신의 실종을 감춰 버린 셈이죠."

내 시선을 받은 이대현이 더듬거리면서 대답했다.

"우 사장이 시키는 대로만 하면 백만 원을 주겠다고 해서 요."

난 머리카락을 죄다 밀어 버리는데 오십만 원밖에 안 줬으면서 몇 가닥 뽑는 데 백만 원이나 준다고 했다는 사실에 화가 머리끝까지 치밀어 올랐지만 꾹 참았다. 이아린이 말을 이어갔다.

"맞아요. 그리고 그렇게 찾고 싶었던 지하실에 던져 놓고는 문을 닫고 나가 버렸어요. 구석에 있는 플라스틱 통에 기름이 잔뜩 있는 걸 보고 우 사장의 의도를 눈치챘어요."

"근데 왜 애써서 만든 별장을 자기 손으로 불태워 버리려고 한 거지?"

내 물음에 이아린은 코웃음을 쳤다.

"저건 다 모래성이에요. 우 사장은 몇 년 전부터 꾸준하게 돈을 어디론가 빼돌리고 있었어요. 아마 해외로 튀려고 했던 것 같아요. 그리고 저 별장은 엄청난 금액의 화재보험에 들어 있고요."

이아린의 얘기를 듣고 또 하나의 퍼즐이 맞춰졌다.

"그러다 네 정체를 눈치채고 감금한 다음에 불을 질러서 증거를 모두 없애려고 했군. 어차피 여기 참가자들은 다들 불을 낼 만한 이유가 있으니까 자연스럽게 방화로 몰고 갈 수 있을 테니 말이야."

"똑똑하네요. 탐정 아저씨."

진짜 똑똑한 건 우 사장이었다. 용의자들을 별장에 모아 놓고 불을 질러서 죄를 덮어씌우려고 했다. 거기다 화재보험금과 빼돌린 돈을 가지고 해외로 튀어서 지내려 했던 것이다.

그의 실수는 자신만 안전하게 빠져나가려고 했다는 것이다. 알리바이를 확보하기 위해 일부러 별장을 벗어난 것이 정연태를 불안하게 만든 것이다. 그녀의 얘기를 들으면서 마지막 의문이 풀렸다.

"날 여기로 부른 건 범인을 찾고 있다는 시늉을 보여 주기 위해서였고."

날 끌어들인 것도 용의자들을 모아 놓은 이유를 설명하기 위해서였다. 아울러 자신이 문제를 해결하기 위해 탐정까지 고용했다는 것으로 혐의를 벗으려고 한 것이다. 내 얘기를 들은 그녀가 짧게 대답했다.

"아마도요. 사실 아저씨는 처음부터 너무 눈에 띄었어요."

나름 삭발 투혼까지 벌였는데 이용만 당한 셈이라 억울했다. 하지만 진짜 짜증나는 건 따로 있었다.

"내가 범인을 못 잡을 줄 알았다 이거지."

입이 삐죽 나와서 투덜거리자 이아린이 선착장 너머의 호수를 바라보면서 중얼거렸다.

"그나저나 우 사장은 선착장에서 이제나저제나 불길이 나기만을 기다리고 있겠죠?"

"저 친구한테 물어보면 되겠네요. 정연태 씨!"

남규태에게 뒷덜미를 잡혀 있던 정연태는 갑작스러운 호명에 깜짝 놀란 표정을 지었다.

"선택의 시간이 돌아왔어요. 우 사장과 어떻게 연락하기로 했죠?"

"그, 그게."

우물쭈물하던 정연태는 뒷덜미를 잡은 남규태와 주변 사람들의 험악한 눈길에 못 이겨 털어놨다.

"워키토키를 따로 받은 게 있습니다."

이아린이 손을 내밀자 정연태는 바지 뒷주머니에서 워키토키를 꺼냈다. 손바닥에 들어갈 만한 작은 워키토키를 살펴보던 이아린은 자신의 휴대폰을 꺼내 녹음 기능을 켰다. 그리고 워키토키를 도로 정연태에게 건네주면서 말했다.

"우 사장한테 시키는 대로 일을 끝냈다고 하세요."

마른침을 삼킨 정연태가 고개를 끄덕거리고는 워키토키를 건네받았다. 송신 버튼을 누른 그가 입을 바짝 갖다 대고 말했다.

"사장님. 정연태입니다. 불길 보이세요?"

워키토키 옆에 휴대폰을 갖다 댄 이아린이 최대한 말을 시키라는 손짓을 하는걸 보면서 저절로 감탄사가 나왔다.

"그 여자로군."

"아이린 애들러(셜록 홈스 시리즈의 등장인물) 얘기죠?"

무식한 상태의 입에서 그 여자의 이름이 나와 깜짝 놀라고 말았다.

"어떻게 알았냐?"

"텔레비전에서 봤어요."

태평스럽게 얘기한 상태가 길게 하품을 했다. 상태의 뒤에서 불타던 별장이 한순간 와르르 무너져 내렸다.

하마터면 죽을 뻔했던 사건치고는 단순하게 끝났다. 눈치 빠른 우 사장은 정연태의 거짓말을 눈치챘다. 하지만 이미 중요한 얘기들은 녹음이 된 상태였다. 몇 시간 후, 불길을 본 소방관들이 도착하면서 참가자들과 스태프들은 모두 구조

되었다. 그러면서 진심 가발에 대한 수사가 시작되었고, 우 사장이 투자자들의 투자금을 빼돌린 사실이 적발되었다. 거기다 화재보험금을 빼돌리기 위해 별장에 고의로 방화를 하려고 꾸몄던 일까지 밝혀졌다.

처음에는 말도 안 되는 모함이라면서 당당하게 수사를 받겠다고 기자회견까지 했던 우 사장은 출두 하루 전날 종적을 감췄다.

덕분에 나는 빡빡 깎은 머리에 쓸 가발을 사느라 먼저 받았던 돈을 거의 다 써 버리고 말았다. 아이스커피를 빨대로 마시느라 고개를 숙이고 있던 내게 그 여자가 말했다.

"외국으로 도망쳤겠죠?"

"아마도. 돈은 충분히 가지고 있으니까 중국이나 동남아로 밀항을 했을 거야."

나는 측은한 눈길로 그녀를 바라봤다. 위험을 무릅쓴 그녀의 노력에도 불구하고 문제의 서류는 찾지 못했고, 투자금도 돌려받지 못했다. 내 생각을 읽었는지 그녀가 피식 웃었다.

"서류를 찾았어도 돈을 돌려받기는 쉽지 않았을 거예요. 그냥 아빠 소원을 풀어 줬다는 걸로 만족하려고요."

"사건을 해결했는데 변한 게 아무것도 없다니, 추리소설이랑 너무 다르네."

내 얘기를 들으며 머리를 쓸어 넘긴 그녀가 환한 햇살이 비춰지는 카페의 창밖을 물끄러미 내다봤다. 탐정이 필요 없는 세상이 유유히 흘러가는 중이었다.

그날 이후

어떤 사람은 보이는 것으로 존재감을 드러내지만 또 다른 사람은 보이지 않는 것으로 존재감을 나타내기도 한다. 교문 앞의 아줌마가 그랬다. 얼룩이 심하게 묻은 하얀 장갑에 붉은색 선캡, 촌스러운 꽃무늬 치마를 입은 아줌마는 우리 학교의 상징 아닌 상징이었다. 물론 선생님들은 몹시 싫어했지만 말이다. 아줌마는 매일 같은 시간, 같은 장소에서 합판으로 만든 팻말을 들고 서 있었다. 하얀 페인트를 칠한 합판에는 검은색 페인트로 아줌마가 학교 앞에서 1인 시위를 하게 된 이유가 적혀 있었다.

"그러니까 그 아줌마가 며칠 전부터 안 보인다 이거지."

아줌마가 사라진 교문 앞을 응시하던 준혁 아저씨가 심드렁하게 물었다. 무릎이 나온 낡은 청바지에 체크무늬 셔츠, 그리고 지난번 사건 때 밀어 버린 머리를 감추기 위해 낡은 야구모자를 쓴 차림이었다. 일요일 오후라 그런지 학교 앞은 고요했다.

"네. 비가 오나 눈이 오나 매일 같은 시간, 같은 장소에 서 있었거든요."

"그런데 고등학교에서 벌어진 일인데 왜 상태 네가 다니는 중학교 정문 앞에서 시위를 하는 거야?"

사실 나도 그게 궁금해서 그 아줌마와 얘기를 나눴던 게 이번 사건의 시작이었다.

"제가 다니는 중학교랑 고등학교랑 같은 재단이라 붙어 있잖아요. 그런데 우리 중학교 정문이 고등학교 본관 건물에 더 가까워서 이쪽으로 많이 다녀요. 제가 들어오기 전에 벌어진 일이긴 하지만 워낙 큰 사건이라서 요즘에도 애들 입에 심심찮게 오르내리고 있어요."

그나저나 제발 잡초처럼 무성한 코털 좀 어떻게 해 보라는 얘기가 목구멍까지 올라왔지만 꾹 참았다.

"어쨌든 흥미롭긴 하네. 딸이 학교에서 강간을 당하고 은둔형 외톨이가 되고, 어머니는 학교에 와서 1인 시위를 하다니. 그런데 그냥 모습이 보이지 않는 걸로 사건이 일어났다고 보는 건 좀 심하게 넘겨짚은 거 아니야? 네가 무슨 셜록 홈스도 아니고 말이야."

"그 아줌마가 자기 딸한테 문제가 생기면 자기도 따라 죽을 거라고 얘기했다고 제가 카톡으로 말했잖아요."

나도 모르게 목소리를 높이자 준혁 아저씨가 인상을 찡그렸다.

"쪼그만 녀석이 뭔 목청이 그렇게 커. 전화는 해 봤냐?"

"휴대폰으로 몇 번이고 걸었는데 안 받았어요."

"일단은 그 아줌마 집에 가 보자. 머리 자랄 때까지는 집에 있으려고 했는데 말이야. 어디 사는지 알고 있다고 했지?"

"네."

지난번에 얘기를 나눴을 때 알려 준 휴대폰으로 전화를 했지만 받지 않았다. 딸한테 무슨 일이 생기면 죽을 거라는 얘기를 들은 상태에서 통화도 안 되니까 덜컥 겁이 나서 서둘러 준혁 아저씨한테 연락을 한 것이다. 다행스럽게도 그 아줌마를 쫓아내려고 시도했던 학생부장이 집 주소를 적어 놓은 것을 훔쳐볼 수 있었다. 네이버에 집 주소를 입력하자 위치가 나왔다. 대략 어딘지 알 것 같아서 앞장서 걸었다. 뒤따라오던 준혁 아저씨가 여전히 심드렁한 목소리로 물었다.

"그나저나 왜 이번 일에 관심을 가진 거냐? 너 들어오기도 전에 벌어진 일이잖아."

"망할 놈의 전설 때문이죠, 뭐."

"전설? 그 여자애가 강간당한 강당에서 밤마다 우는 소리가 난다는 얘기 말이지?"

역시 아저씨는 자극적인 얘기는 잘 기억한다.

"정확하게는 우는 소리가 아니라 신음 소리예요. 그 소문 때문에 호기심 넘치는 녀석들이 밤마다 주변에서 어슬렁거리기도 했고요."

"확실히 요즘 애들은 겁이 없네. 우리 때 같으면 근처에 얼씬도 못할 텐데 말이야. 강간당한 여자애는 집에서 쭉 은둔형 외톨이로 지낸다 이거지?"

"네."

준혁 아저씨가 이해가 안 간다는 듯 고개를 절레절레 흔들면서 말했다.

"어떻게 그런 사건이 조용히 넘어갈 수 있었던 거지?"

"뭐, 학교는 이미지 구겨질까 봐 쉬쉬했고, 그 여학생 집안이 별 볼 일이 없었거든요. 아버지랑 이혼하고 어머니가 혼자서 파출부 하면서 키웠다고 들었어요."

"안 그래도 똥통학교 이미지면서 뭘 쉬쉬까지……."

준혁 아저씨가 나지막하게 투덜거렸다.

"확실히 말도 안 되는 일이에요. 강간을 당한 여학생은 그후 방에서만 지내는 폐인이 되어 버렸고, 관련자들은 제대로 처벌받지 않았거든요. 그러자 그 여학생의 어머니는 학교의 미온적인 조치에 항의하기 위해 교문 앞에서 1인 시위를 했던 거고요."

얘기를 들은 준혁 아저씨가 작게 한숨을 쉬었다.

"결국 당한 사람만 억울하게 되었네."

이런저런 얘기를 주고받는 사이 아줌마의 집에 거의 도착했다. 산비탈의 골목길은 위로 올라갈수록 좁아졌고, 집들도 한층 낡아졌다. 골목길 거의 끝자락에 위치한 파란색 대문 앞에서 멈췄다.

"네이버가 가르쳐 주는 주소가 바로 여기예요."

좁은 골목길 안쪽에는 3층짜리 낡은 빌라가 우두커니 서 있었다. 붉은 벽돌과 알루미늄 새시로 만든 창문은 낡을 대로 낡았다. 빌라 앞에는 잎사귀가 모두 떨어진 앙상한 나무가 분위기를 더 우중충하게 만들어 줬다. 내 키만 한 시멘트 담장에는 라일락이 그려져 있었다. 원래 붉은색이었을 라일

락의 꽃잎은 흐릿하게 변해 있었다.

"주소 마지막 부분에 301이라고 적혀 있는 걸 보면 3층인
것 같아요."

점퍼 호주머니에 두 손을 찔러 넣은 채 빌라를 올려다보
던 준혁 아저씨가 한쪽 눈을 찡그렸다.

"올라가자. 앞장서."

복도의 전등이 모두 나가서 한낮임에도 불구하고 어두컴
컴했다. 3층까지 조심스럽게 올라가자 복도 양쪽으로 문이
하나씩 있었고, 오른쪽 문에 매직으로 301호라 적혀 있었다.
준혁 아저씨가 문 옆에 있는 초인종을 눌렀다. 별 반응이 없
자 두 번 세 번 누르던 준혁 아저씨가 나를 내려다보면서 말
했다.

"그냥 돌아……."

그 순간, 굳게 잠겨 있던 문이 덜컥 열렸다. 놀란 준혁 아
저씨가 짧게 비명을 질렀고, 문을 열었던 쪽도 깜짝 놀라서
움찔했다. 나는 다시 닫히려는 문을 황급히 붙잡았다.

"아주머니. 저예요. 개민 중학교 안상태요."

그러자 문을 당기려는 힘이 조금 느슨해졌다.

"상태 학생이니?"

"네. 며칠째 안 보이고 전화도 안 받으셔서 아는 형이랑

찾아왔어요."

그러자 문이 활짝 열리고 아줌마가 모습을 드러냈다. 곱슬머리에 턱과 이마에 주름살이 자글자글한 아줌마는 눈이 통통 부어 있었다.

"휴대폰은 요금을 못 내서 정지됐어. 들어와."

세 명 사이에서 흐르는 어색함은 나와 준혁 아저씨가 집 안으로 들어간 이후에도 이어졌다. 방 두 칸에 화장실, 주방을 겸한 좁은 거실이 전부였다. 아줌마가 김 빠진 콜라를 유리잔에 담아서 건넸다.

"마실 만한 게 이거밖에 없네."

그러자 준혁 아저씨가 냉큼 받으면서 말을 건넸다.

"괜찮습니다. 저는 민준혁이라고 합니다. 저기 한진 아파트 뒤편 빌라에 살아요."

"약수터 올라가는 쪽이요?"

두 사람이 동네 얘기를 주고받는 사이 시선을 돌려서 집 안을 살펴봤다. 군데군데 곰팡이가 슬어 있는 벽지와 정돈되지 않은 살림살이가 아줌마의 고단한 삶을 보여 줬다. 그 중에서도 내 눈길을 끈 것은 화장실 옆에 붙은 작은방이었다. 내 시선을 눈치챈 아줌마가 가느다란 한숨을 쉬었다.

"딸 방이었어."

"영란이 누나 말이죠?"

내 물음에 아줌마는 고개를 푹 숙인 채 끄덕거렸다. 방을 물끄러미 쳐다보다가 아줌마에게 물었다.

"무슨 일 때문에 안 나오신 거예요? 저한테는……."

"영란이한테 무슨 일이 생기면 나도 따라 죽겠다고 했지? 학교 선생들은 귓등으로도 안 듣는 것 같던데 너는 기억하고 있었구나."

당장이라도 울음을 터트릴 것 같은 모습에 준혁 아저씨가 황급히 말했다.

"그런데 따님한테 무슨 일이 생긴 겁니까? 방금 '방이었다'라고 하셔서요."

제법이라는 눈길로 쳐다보자 준혁 아저씨가 슬쩍 한쪽 눈을 찡긋해 보였다. 그러자 고개를 든 아줌마가 떨리는 목소리로 말했다.

"사실은 며칠 전에 딸이 사라졌어."

"방에서 한 발자국도 못 나왔다고 하셨잖아요."

놀란 나의 반문에 아줌마는 떨리는 목소리로 말했다.

"나도 몰라. 며칠 전에 시위 마치고 집에 돌아왔는데 온데간데없이 사라졌어. 3년 동안 방문 밖으로는 나와 보지도 않던 애가 말이야."

아줌마의 얘기를 들은 내가 물었다.

"경찰에 신고했어요?"

"응. 오늘 중에 형사가 조사하러 온다고 해서 어디 안 나가고 기다리고 있는 중이었어."

우리 둘의 대화를 듣던 준혁 아저씨가 조심스럽게 끼어들어서 아줌마에게 물었다.

"괜찮으시면 따님 방을 잠깐 살펴봐도 괜찮겠습니까?"

"왜요?"

무슨 대답을 할까 궁금해서 바라보자 준혁 아저씨가 태연스럽게 거짓말을 늘어놨다.

"실은 제가 사람을 찾아주는 흥신소 일을 하고 있습니다. 온 김에 혹시 도움이 될까 해서요."

그러자 아줌마는 고개를 끄덕거렸다. 벌떡 일어난 준혁 아저씨가 작은방으로 향했다. 조심스럽게 문고리를 돌리자 삐걱거리는 소리와 함께 천천히 문이 열렸다. 방 안을 살펴보기 위해 별생각 없이 고개를 내밀었다가 훅 밀려오는 냄새에 나도 모르게 코를 감싸 쥐었다. 방 안에 갇혀 있던 눅눅한 공기에서는 두려움이 느껴졌다. 그 방 안에 머물던 사람처럼 말이다. 방 안은 여자가 지내는 곳이라고 믿기 어려울 정도로 황폐했다. 창가에 붙어 있는 책상 위는 구겨진 옷과 비닐봉지 들이 산처럼 쌓여 있었고, 그 옆에 붙은 침대에는 이불이 꼬깃꼬깃하게 구겨져 있었다. 바닥에는 뭉친 먼지들이 보였다. 침대 모서리에는 낡은 노트북이 사라진 주인을 기다리고 있었다. 무엇보다도 가슴 아팠던 것은 벽에 걸려 있는 사진이었다. 사진관에서 찍은 사진에는 아줌마와 함께 교복을 단정하게 차려입은 전형적인 여고생의 모습이 들어 있었다. 문 쪽에서 아줌마의 떨리는 목소리가 들려왔다.

"영란이가 2학년 때 찍은 사진이다. 그 일이 있기 몇 달 전이었지."

방 안을 쭉 살펴본 내가 아줌마에게 물었다.

"따님이 나가기 전에 눈에 띄는 행동이나 얘기를 한 적이 있어요?"

"아니. 사실은 그런 걸 눈치챌 만큼 보지도 못했어."

"하루 종일 이 방 안에서만 지낸 거예요?"

"처음에는 치료를 받고 전학을 시키려고 했지. 그런데 그놈이 어떻게 알았는지 학교로 자꾸 찾아오고 집 근처를 서성거리는 바람에 학교도 못 나가고 이사를 하게 됐지. 그다음부터는 밖에 안 나가고 방에서만 지냈어."

아줌마는 문지방에 서서 계속 말했다.

"심지어 택배 기사가 와서 벨을 눌러도 집에 없는 것처럼 하고 문을 열어 주지 않았지. 하도 불안하다고 해서 자물쇠를 몇 개나 달아 놨는지 몰라."

준혁 아저씨도 방 안을 여기저기 살펴보고 아줌마에게 이것저것 물었지만 딱히 단서가 될 만한 것은 없었다. 얘기가 마무리될 즈음 밖에서 초인종 소리가 들려왔다. 아줌마가 나가고 나자 준혁 아저씨는 짧게 중얼거렸다.

"세상으로부터 스스로 만든 감옥이군."

밖으로 나간 아줌마가 문을 여는 소리가 들렸다. 그리고 익숙한 누군가의 목소리가 들려왔다. 서로의 얼굴을 바라보던 우리 둘은 문을 열고 들어선 두 사람과 눈이 마주쳤다. 두 형사, 배불뚝이와 성룡이었다. 배가 불룩 나와서 배불뚝이라고 이름을 붙인 쪽이 높은 사람 같았고, 코가 성룡처럼 두툼한 젊은 형사가 부하 같았다. 우리 둘만큼이나 두 사람도 곤혹스러운 표정을 지었다. 성룡이 인상을 찌푸린 채 물었다.

"여긴 어쩐 일입니까?"

"사건이 있는 곳에 탐정이 있는 법이니까요."

준혁 아저씨가 장난스럽게 대꾸하자 성룡은 아줌마를 바라봤다.

"따님 방에 아무도 들어가게 하지 말라고 했잖아요. 현장을 잘 보존해야지 사건을 해결할 수 있단 말입니다."

놀란 아줌마가 미안하다고 하면서 우리 둘은 머쓱한 꼴이 되고 말았다. 준혁 아저씨가 미소를 지은 채 성룡에게 말했다.

"여긴 현장이 아니라 감옥이에요. 현장은 저 밖에 있어요."

나름 멋있는 말 같았지만 성룡에게는 씨알도 안 먹혔다.

"쓸데없는 소리 그만하고 얼른 나와요."

그렇게 우리 둘은 집 밖으로 쫓겨났다. 등 뒤에서 쿵 소리를 내며 닫히는 문소리가 어두운 복도에 울렸다. 빌라 밖으로 나온 준혁 아저씨가 쏟아지는 햇살을 올려다보면서 말했다.

"3년 동안 집 밖으로 한 걸음도 나오지 않았던 사람이 갑자기 사라져 버렸어."

"납치당한 게 아닐까요?"

내 물음에 준혁 아저씨가 고개를 저었다.

"그랬다면 방 안이 헝클어져 있었겠지. 물론 지저분했지만 그건 그냥 자연스럽게 쌓인 거였어."

"그럼 자기 발로 나갔다는 얘긴데, 이런 건 문제될 게 없잖아요."

내 물음에 준혁 아저씨가 고개를 갸우뚱했다.

"하지만 3년 동안 나오지 않던 방에서 왜 갑자기 나와 감쪽같이 사라져 버렸냐는 것이지. 일단 넌 아줌마 딸 SNS를 뒤져 봐."

"SNS요?"

"너도 방 봤지. 책상이건 침대건 죄다 먼지투성인데 노트북만 멀쩡했어. 그 얘긴 방에서 노트북을 썼다는 얘기지. 그리고 그걸로 뭘 했겠어?"

방 안에서 꼼짝도 하지 않는 은둔형 외톨이와 SNS는 어울릴 것 같지 않았지만 일단 알아보기로 했다. 내가 고개를 끄덕거리면서 손을 내밀자 준혁 아저씨가 물었다.

"왜?"

"수사비요. 피시방에서 뒤져 봐야 하잖아요."

"집에서 해."

"똥컴이라 안 돼요."

사실은 고장난 지 반년이 넘었다. 나의 단호함에 결국 준혁 아저씨는 오천 원을 건넸다.

"제가 찾는 동안 뭘 할 거예요?"

내 질문에 준혁 아저씨는 오른손 검지손가락으로 자기 머리를 툭툭 치면서 대꾸했다.

"탐정이니까 추리를 해야지."

"놀겠다는 얘기죠?"

오천 원의 수사비를 받고 주말 내내 피시방에서 컴퓨터를 들여다보느라 눈알이 빠질 것만 같았다. 옆에서는 헤드셋을 쓴 고딩이 게임이 잘 안 풀리는지 욕을 해 대는 중이었다. 광대한 네이버와 다음의 블로그를 뒤지다가 트위터, 인스타그램까지 옮겨 갔지만 단서를 찾지 못했다. 그리고 마지막으로 페이스북으로 넘어간 것은 배가 출출해서 컵라면에 후식으로 오징어까지 먹어 치운 다음이었다. 검색된 수많은 송영란을 뒤졌다. 지쳐서 포기할 무렵, 드디어 그녀를 찾으면서 나도 모르게 만세를 부를 뻔했다. 정확하게는 그녀가 머물던 방의 벽지가 올라와 있는 페이스북을 찾은 것이다. 신이 나서 클릭한 후 내용들을 주르륵 읽었다. 대부분은 일기장처럼 하루 일과를 짧게 적은 것들이었다. 어떤 상황인지 몰랐다면 그냥 무료한 일상에 대한 얘기인 것으로 생각할 법한 내용이었다. 그런데 친구가 별로 없어서 댓글이 거의 달리지 않다가 석 달 전, 봄 어쩌고 하는 내용의 게시물에 댓글이 달린 것이다. 나는 모니터에 얼굴을 바짝 들이댄 채 그 댓글을 또박또박 읽었다.

"너, 개민 고등학교 3학년 송영란 맞니?"

댓글은 그것밖에 없었지만 충분했다. 댓글을 쓴 사람은 안지훈이었다.

"어디서 들어 본 이름인데?"

고개를 갸웃거리며 그의 페이스북으로 넘어갔다. 그러면서 나도 모르게 신음 소리를 내고 말았다. 옆에서 게임을 하던 고딩이 째려봤지만 모니터에서 눈을 뗄 수 없었다. 안지훈도 송영란과 같은 개민 고등학교 출신이었고 나이도 같았기 때문이다. 안지훈은 편의점에서 아르바이트를 하는지 녹색 조끼를 입고 카운터 안에서 찍은 셀카들이 많았다. 머리를 길게 길렀고, 매부리코에 눈썹이 진한 편이라 인상이 편안해 보이지는 않았다. 셀카에 찍힌 표정도 어두웠다. 거기다 페이스북의 내용은 더 우울했다. 편의점 아르바이트를 지칭하는 편돌이라는 단어를 쓰면서 진상 손님들에 대한 짜증을 늘어놨다. 빈 맥주 캔과 소시지 포장지가 놓인 테이블 사진을 올려놓고 '여긴 식당이 아니다 손놈들아!'라는 게시물을 올리는 식이다. 전체적으로 자신의 삶을 비관하고 있었는데 한참 거슬러 올라가다 보니까 왜 그랬는지 알 수 있었다. 주머니에 넣어 둔 휴대폰을 들고 피시방 밖으로 나갔다. 화장실 앞 계단에 서서 '멍청이'라고 저장된 이름으로 전화를 걸었다. 벨소리가 몇 번 들리더니 준혁 아저씨가 전화를 받았다.

"조수! 뭐 좀 찾았어?"

"여기 개천가 교회 옆에 있는 라이언 피시방인데요. 잠깐 올 수 있어요?"

"혹시 딴 데 돈 쓰고 나보고 결제하라는 건 아니겠지?"

라면에 오징어까지 먹느라 초과한 게 사실이라서 뜨끔했다. 쓸데없이 이런 쪽으로는 머리가 잘 굴러간다며 속으로 투덜거리면서 휴대폰에 대고 말했다.

"중요한 단서를 찾았다구요."

"그래? 금방 갈게."

통화를 끝내고 도로 자리에 앉았다. 잠깐 딴짓을 하는 사이 꾀죄죄한 몰골의 준혁 아저씨가 피시방의 유리문을 밀고 들어왔다. 냉큼 내 옆 자리에 앉더니 손가락으로 머리를 긁적거리면서 말했다.

"뭘 찾았는데?"

나는 대답 대신 마우스를 움직여서 송영란의 페이스북과 거기에 댓글을 남긴 안지훈의 페이스북을 보여 줬다. 그리고 내가 찾아낸 문제의 화면을 보여 주자 눈이 휘둥그레졌다.

"그러니까 얘들이 같은 학교 학생이었다 이거네. 근데 이게 이번 사건이랑 뭔 상관이냐?"

"송영란을 강간한 동급생이 바로 안지훈이었어요. 아까 이름을 보고 어쩐지 익숙하다 싶었거든요."

내가 찾아낸 화면은 개학한 지 얼마 지나지 않은 어느 봄날, 사건이 벌어진 강당을 배경으로 찍은 사진이었다. 화면에는 얼굴을 맞댄 송영란과 안지훈, 그 뒤에 서 있는 남학생 모두 꽃처럼 활짝 웃고 있었다.

"그러니까 피해자인 송영란의 페이스북에 가해자인 안지훈이 댓글을 남겼다 이거지?"

"네."

대답을 하면서 만약 내가 기억하고 싶지 않은 끔찍한 일을 겪었는데 가해자가 내 SNS에 어떤 메시지를 남겨 놓았다면 기분이 어떨까 생각해 봤다. 상상만 해도 배 속이 쓰렸다. 그러는 사이 준혁 아저씨는 안지훈의 페이스북을 이리저리 살펴보다가 눈을 번쩍 떴다.

"뭐 찾았어요?"

내 물음에 준혁 아저씨는 손가락을 들어서 모니터를 가리켰다. 이 주 전 날짜의 게시물인데 안지훈이 골목길의 담장 앞에서 셀카로 찍은 사진과 그 아래 한 줄짜리 글귀가 적혀 있었다.

"제자리를 찾고 싶다? 이게 왜요?"

"얘가 등지고 서 있는 담장 아래쪽을 보라고."

혀를 찬 준혁 아저씨의 말에 담장 아래쪽을 바라봤다. 그러자 아까 대충 지나가느라 못 봤던 붉은 라일락꽃이 보였다.

"이건……."

"그래. 송영란이 사는 빌라 앞에서 찍은 거야."

준혁 아저씨의 얘기를 듣고 놀란 나는 입을 다물지 못했다. 세상을 바라보는 안지훈의 눈은 슬퍼 보이기도 하고, 광기에 찬 것처럼 보이기도 했다. 마른침을 삼킨 준혁 아저씨가 중얼거렸다.

"이거 일이 심상치 않은데."

월요일, 수업이 끝나고 주번이 학년주임실에 보관했던 휴대폰을 돌려줬다. 돌려받은 휴대폰의 전원을 켜자마자 멍청이라고 저장한 준혁 아저씨의 번호가 뜨면서 벨소리가 울렸다.

"조수, 수업 끝났냐?"

"방금이요."

"그럼 바로 광천 중학교로 와라. 어딘지 알지."

"프린세스 웨딩홀 근처에 있는 학교요?"

"맞아. 중요한 증인을 만나기로 했으니까 빨리 와."

알았다고 대답하고 가방을 챙겨서 야자 준비를 하는 아이들 사이를 지나 교실 밖으로 나왔다. 마을버스를 타고 웨딩

홀 앞에 내려서 횡단보도를 건너자 바로 광천 중학교 정문
이 보였다. 하교하는 학생들 사이를 지나 정문 안으로 들어
가면서 휴대폰을 꺼내 전화를 걸려고 했다. 그때 오른편에
서 준혁 아저씨의 목소리가 들려왔다.

"어이! 안상태!"

고개를 돌리자 등나무 벤치에서 손을 흔드는 준혁 아저씨
가 보였다. 옆에는 검은색 노스페이스 점퍼를 입은 중년의
사내가 보였다. 넓은 이마에 사각형 턱이 인상적이었다. 내
가 다가가자 중년의 사내가 준혁 아저씨에게 물었다.

"누구냐?"

"제 조수예요. 입이 무거운 친구니까 염려하지 않으셔도
됩니다."

히죽 웃는 얼굴로 대답한 준혁 아저씨가 자기 옆에 앉으
라고 손짓했다. 그러고는 중년의 사내에게 말을 건넸다.

"그 사건이 벌어질 당시 개민 중학교의 지킴이 선생님이
셨죠?"

"그랬지. 그게 벌써 3년 전이네."

중요한 증인이라고 해서 누군가 했더니 그 사건이 벌어질
당시 지킴이 선생님을 찾아낸 것이다. 용케 찾아낸 건 둘째
치고 어떻게 입을 열게 만들었는지 신기했다. 아무튼 사건 당

시 지킴이 선생님의 입에서는 그때의 일들이 흘러나왔다.

"그때가 아마 학교 축제일이었을 거야. 강당에서 열린 축제가 다 끝나고 난 다음이었지. 그런 날 꼭 양아치들이 으슥한 곳에서 기분 낸다고 담배 피우고 술을 마시는 일이 있어서 딴 날보다 순찰을 몇 바퀴 더 돌았지. 저녁 8시쯤이었나. 마지막으로 한 번만 더 돌아보려고 강당 쪽으로 갔어."

"문제의 그 강당 말이군요."

준혁 아저씨의 말에 지킴이 선생님이 고개를 끄덕거렸다.

"이런 생활을 오래하다 보면 촉이 오거든. 그런데 불이 꺼진 강당 안에서 빛이 번쩍번쩍하더라고, 뭔가 이상하다 싶어서 그쪽으로 갔지. 문을 열고 안으로 들어가려고 하는데 갑자기 애들이 뛰쳐나왔어."

"애들이요?"

"3학년 2반 차진성이랑 같은 반 조영곤, 3학년 4반 이현민이랑 남광규였어. 진성이를 붙잡고 무슨 일이냐고 물었지. 그랬더니 아무 말도 못하고 큰일이 났다고만 했어. 그래서 강당 안으로 들어갔지. 어두워서 가지고 다니는 플래시를 켜서 주변을 살폈는데 농구대 아래쪽에서 인기척이 났어. 그래서 그쪽으로 가면서 누구냐고 소리쳤지."

지킴이 아저씨가 그때의 기억을 떠올리면서 곤혹스러워

했다. 준혁 아저씨가 차분한 목소리로 물었다.

"그 둘이 있던가요?"

"농구대 아래 뜀틀을 할 때 깔아 놓는 매트가 있었고, 그 위에 그 둘이 있었지. 딱 붙어 있어서 처음에는 둘인지도 몰랐어. 그러다 내 발자국 소리를 듣고는 밑에 깔린 여자아이가 가느다란 목소리로 도와 달라고 했어. 그러면서 위에 있던 남자아이가 일어났고. 그제야 비로소 무슨 일인지 눈치를 챘지."

나는 잠자코 얘기를 들었다. 중학교에 입학하면서부터 들은 전설적인 사건이었지만 막상 실제로 어떤 일이 벌어졌는지 들은 건 처음이었다. 온통 무성한 소문들뿐이었다. 다들 알고 있고, 입에 올리지만 정작 진실과는 거리가 멀었던 셈이다. 그리고 그 간격 어딘가에서 죄인처럼 숨어 지내는 피해자와 삶을 송두리째 망쳤다고 믿는 가해자가 있었다. 무거운 얘기를 들은 준혁 아저씨가 옆에 놓인 캔커피를 한 모금 마시면서 잠깐 뜸을 들였다가 다시 질문을 던졌다.

"힘드시겠지만 당시 상황을 최대한 상세하게 말씀해 주셨으면 좋겠습니다."

그러자 지킴이 선생님은 마른침을 삼켰다.

"설마 했는데 학교 안에서 그런 일이 벌어질 거라고는 상상도 못했지. 내가 다가가니까 위에 있던 3학년 5반 안지훈이 나를 돌아봤어. 바지는 반쯤 내려져 있었고, 팬티는 입고 있었어. 3학년 6반 송영란은 치마가 올라가 있었고, 팬티는 무릎까지 내려와 있었어. 나를 본 영란이가 울먹이면서 살려 달라고 하는 사이에 지훈이는 허둥지둥 밖으로 도망쳤지. 녀석은 한 시간 후에 동네 피시방에서 붙잡혔어."

"축제가 끝나고 안지훈이 송영란을 강당으로 끌고 들어가서 강간을 한 게 맞나요?"

"영란이가 그렇게 진술했어. 지훈이는 아니라고 했지만 증거가 워낙 명백해서 말이야. 거기다 진성이랑 다른 애들이 현장을 목격했기 때문에 빼도 박도 못했지."

"그 둘은 어떤 학생이었나요?"

준혁 아저씨의 질문에 지킴이 선생님은 기억을 떠올리기 위해서인지 한쪽 눈을 잔뜩 찡그렸다.

"눈에 띄는 애들은 아니었어. 지훈이는 과묵한 성격에 말라깽이라서 오히려 애들한테 놀림을 받는 편이었고 말이야. 영란이는 쾌활한 성격에 잘 웃고 다녔지. 그래서 그런지 더 충격을 받았던 것 같아."

"그 정도 사건인데도 유야무야된 이유는 뭘까요?"

"일단 학교에서 덮으려고 했지. 이미지 안 좋아진다고 말이야. 그래서 교감이랑 학생주임이 영란이네 집을 뻔질나게 드나들면서 합의를 종용했어. 어차피 미성년자고 초범이라 처벌을 받지 못하니까 차라리 돈을 받고 합의를 하라고 한 거지."

입맛을 다신 지킴이 선생님이 옆에 놓인 콜라를 벌컥벌컥 마셨다. 둘 사이의 대화를 지켜보던 나 역시 목이 말랐다. 그러자 준혁 아저씨가 자기가 마시던 캔커피를 내게 건네고는 다시 지킴이 선생님에게 물었다.

"그래서 합의가 이뤄졌군요."

"합의금으로 집을 받았다느니 거기에 몇 천을 얹어 받았다느니 별별 소문이 다 돌았어. 어쨌든 탄원서를 제출하고, 그것 때문인지 지훈이한테는 그냥 집행유예가 떨어졌어. 물론 학교에서는 퇴학당했고."

"그 이후에 영란이를 본 적이 있습니까?"

질문을 받은 지킴이 선생님은 천천히 고개를 저었다.

"집에서만 지낸다고 하던데 본 적은 없어. 나도 그 사건이 난 직후에 학교를 옮겼고 말이야."

"말씀 잘 들었습니다."

"원래는 얘기하고 싶지 않았는데 선생님이 간곡하게 부탁해서 얘기해 준 거야. 어디 가서 나한테 들었다고 하지 마."

지킴이 선생님이 엄한 표정으로 말하자 준혁 아저씨는 활짝 웃었다.

"당연하죠. 참, 먼저 들어가 있던 학생들은 거길 왜 들어갔다고 합니까?"

엉거주춤 일어나려고 했던 지킴이 선생님은 고개를 갸우뚱거렸다.

"뭐라 그랬더라. 강당 앞을 지나가는데 이상한 소리가 들려서 들어가 봤다고 했었어. 뭐, 큰 말썽을 피우는 애들은 아니라서 그런가 보다 하고 넘어갔지."

"알겠습니다."

얘기를 마친 지킴이 선생님은 뒷짐을 진 채 운동장을 가로질러 갔다. 남은 캔커피를 다 마시고 나서 멀어져 가는 지킴이 선생님을 바라보던 준혁 아저씨에게 참았던 질문을 던졌다.

"근데 어떻게 저 사람을 찾은 거예요?"

그러자 거만한 표정을 지은 준혁 아저씨가 대답했다.

"내가 그 학교 3회 졸업생이거든. 혹시나 해서 학교로 갔더니 내 담임 선생님이 연구교사로 있으시더라. 그래서 부탁했더니 바로 전화를 해 주셨어."

엉덩이를 털고 일어난 준혁 아저씨가 덧붙여 말했다.

"치킨이나 먹으러 가자."

"양념 말고 갈릭이요."

"생긴 건 저렴한데 입맛은 까다롭다니까."

다음 날, 인터넷에는 '제발 퍼트려 주세요'라는 제목과 함께 송영란의 실종 사건에 대한 얘기들이 떠돌았다. 학교에서 강간을 당하고도 죄인처럼 숨어 지내던 여학생과 잘못을 뉘우치지 못하고 있던 남학생의 얘기는 쉽고 강렬하게 네티즌들의 이목을 끌었다. 거기다 집에만 있던 여학생이 어느 날 갑자기 실종이 되었고, 문제의 남학생이 그녀의 집을 알고 있다는 사실은 모두를 탐정과 재판관으로 만들어 버렸다. 이래서 우리나라는 안 된다는 얘기부터 옛날에는 이러지 않았다는 다양한 반응들 속에서 가장 애가 탄 건 바로 경찰이었다. 덕분에 준혁 아저씨와 나는 학교 근처의 카페에서 배불뚝이와 성룡을 만나게 되었다. 우리도 사건에 관련되어 있기 때문에 조사를 하러 나온 것이다. 두 사람의 질문이 끝난 후에는 우리에게도 질문 타임이 찾아왔다. 앞에 놓인 아메리카노를 한 모금 마신 배불뚝이가 진저리를 쳤다.

"이놈의 커피는 정말 적응이 안 되네. 옛날 다방 커피가 최고였는데 말이야."

문구점 사건으로 우리에게 톡톡히 망신을 당한 성룡은 여전히 못마땅한 얼굴이었다. 준혁 아저씨는 배불뚝이에게 그동안 조사했던 내용들을 들려주고는 전면적인 재조사가 필요하다는 의견을 피력했다.

"그렇긴 한데 일단 안지훈부터 찾으라고 사방에서 난리들이야."

"언제 사라졌습니까?"

준혁 아저씨의 질문에 배불뚝이가 성룡을 바라봤다. 그러자 수첩을 펼친 성룡이 고개를 들지 않고 대답했다.

"일주일 전입니다. 송영란 양이 사라진 직후죠."

"어떻게 사라졌답니까?"

준혁 아저씨의 물음에 성룡은 이번에도 수첩에서 눈을 떼지 않은 채 입을 열었다.

"다른 날처럼 아르바이트를 하러 나갔다가 그대로 사라졌어요. 편의점 점장이 집에 전화를 하고서야 알았던 거죠. 휴대폰은 꺼져 있고 말이죠."

잠자코 듣고 있던 내가 끼어들었다.

"사람들은 안지훈이 송영란을 납치했거나 죽였다고 믿고 있는 것 같던데요."

그러자 배불뚝이가 고개를 절레절레 저었다.

"말도 마라. 경찰서 홈피는 폭파됐고, 항의 전화가 장난 아니게 오고 있어."

그사이 커피를 한 모금 마신 준혁 아저씨가 배불뚝이에게 말했다.

"안지훈의 페북을 보면 송영란이 사는 빌라를 배경으로 찍은 사진이 있습니다."

"우리도 봤어. 그리고 그 동네 골목길에 있는 CCTV도 확보했고 말이야."

"거기에 안지훈이 나옵니까?"

준혁 아저씨의 물음에 배불뚝이가 고개를 끄덕거렸다.

"빌라 주변을 서성거리는 장면이 나왔어. 아마 CCTV나 블랙박스가 없는 곳을 찾았던 모양이야. 그 빌라가 있는 곳이 좁은 골목이라 차들이 별로 없고, 뒤쪽은 산으로 곧바로 이어져 있어서 사각이 많아."

배불뚝이의 얘기를 들은 준혁 아저씨가 이맛살을 찌푸린 채 생각에 잠겼다. 그때 테이블에 있던 배불뚝이의 휴대폰에서 촌스러운 트로트 음악이 울렸다. 냉큼 전화를 받은 배불뚝이가 굵은 목소리로 통화를 했다. 잡았다는 얘기가 들리자 나와 준혁 아저씨는 서로의 얼굴을 바라봤다. 통화를 끝낸 배불뚝이가 홀가분한 표정으로 말했다.

"그 녀석이 잡혔대."

"어디서요?"

"노량진 고시촌. 자기 엄마한테 전화를 했는데 발신지를 추적해서 잡은 모양이야."

두 사람이 일어날 기미를 보이자 준혁 아저씨가 서둘러 배불뚝이에게 말했다.

"아까 약속한 대로 그쪽에 전화 좀 해 주세요."

"다 끝난 건데 뭘."

배불뚝이가 귀찮다는 표정으로 대꾸했지만 준혁 아저씨가 거듭 부탁하자 알았다고 대답하고는 성룡과 함께 자리를 떴다. 내 몫의 키위 주스를 마시고 있는데 준혁 아저씨가 서둘러 일어났다.

"어서 가자."

"어디로 가는데요?"

"안지훈이 일하던 편의점. 거기 갔다가 학교로 가자."

안지훈이 일하던 편의점은 생각보다 가까운 곳에 있었다. 빵집과 정육점 사이에 있는 편의점에 들어선 준혁 아저씨는 카운터에서 인사를 하는 점장에게 말을 건넸다.

"임 형사님한테 전화 받으셨죠? 민준혁입니다."

그러자 뿔테 안경을 쓴 점장은 노골적으로 못마땅한 표정을 지었다.

"이렇게 자꾸 영업을 방해하시면 곤란해요."

그 얘기가 끝나기 무섭게 준혁 아저씨는 초코 쿠키를 집어서 카운터에 올려놨다. 그러자 점장의 얼굴이 조금 풀어졌다. 계산을 마친 점장이 맞은편 진열대 쪽을 쳐다보면서 말했다.

"저는 그 친구를 채용할 때 없었고, 근무시간도 달라서 많이 얘기를 해 보지 못했습니다. 저쪽에 있는 선욱이가 같이 근무를 했으니까 재한테 물어보세요."

도시락과 김밥 같은 것이 놓인 진열대 앞에는 아르바이트생 한 명이 재고 조사를 하는지 볼펜과 종이를 든 채 물건을 세고 있는 중이었다. 인사를 건넨 준혁 아저씨가 안지훈에 대해서 묻자 아르바이트생 역시 귀찮다는 표정을 감추지 않은 채 낮은 목소리로 투덜거렸다.

"망할 점장 새끼. 귀찮은 건 다 나한테 떠넘긴다니까."

"그러게요. 저도 형사 심부름 하느라고 죽겠어요."

적당히 맞장구를 쳐 주자 아르바이트생이 씩 웃었다. 녹색 조끼에는 박선욱이라는 이름표가 붙어 있었다. 일단 입을 열기 시작하자 선욱은 술술 잘 털어놨다.

"그 새끼는 야간조로 들어왔어요. 페이가 좀 세긴 하지만

밤에 일하는 건 피곤한데다가 술 취한 진상들 때문에 힘들
거든요. 맨 처음에는 저 혼자 하다가 새로 사람 안 뽑으면 관
둔다고 하니까 그제야 허겁지겁 뽑았어요."

"그럼 같이 근무한 지는 얼마나 됩니까?"

"한 석 달 정도? 새벽에 교대를 하는데 물건이 그때 들어
오면 같이 정리했어요. 그러면서 좀 친해졌어요. 말이 별로
없어서 재미가 없긴 해도 농땡이 안 피우고 일은 잘하는 편
이었어요."

"이번 사건 때문에 꽤 놀랐겠네요."

준혁 아저씨의 물음에 선욱은 잠시 생각하다가 입을 열
었다.

"올 게 왔다는 생각 정도? 왜냐하면 두 달쯤 지났을 때부
터 녀석이 그런 얘기를 하고 다녔거든요."

"어떤 얘기요?"

"자기 인생을 망친 일을 바로잡을 기회가 왔다고요."

그 뒤로 몇 가지를 더 물어본 준혁 아저씨는 고맙다는 말
을 남기고 편의점을 나왔다. 뒤따라 나온 나는 아저씨 뒤를
따라가면서 말했다.

"너무 완벽해요."

준혁 아저씨는 뒤도 돌아보지 않고 걸으면서 물었다.

"뭐가?"

"안지훈이 범인이라는 사실이요."

"명예를 회복하고 싶었겠지. 복수심일 수도 있고 말이야. 거기다 그전에도 집요하게 송영란에게 접근했잖아."

"그렇긴 하지만 그게 꼭 이번 사건과 연관이 있다고 보기는 어렵잖아요."

뭐라고 딱 꼬집어서 말할 수는 없었지만 의문들은 진실이라고 믿는 것들 사이에 교묘하게 숨어 있었다. 준혁 아저씨도 나와 같은 생각인지 얼굴을 찌푸렸다.

"하긴, 쉬울 줄 알았는데 파면 팔수록 어렵네. 이왕 나온 김에 현장이나 둘러볼까?"

"학교 강당이요?"

그러자 마을버스 정류장 표시가 붙은 기둥 앞에 선 준혁 아저씨가 돌아서서 말했다.

"응. 담임 선생님이 오늘은 거기가 비어 있을 거라고 했어. 가 보자."

마을버스에서 내린 다음, 학교 교문으로 들어섰을 때에는 해가 제법 떨어진 상태였다. 문제의 강당은 고등학교 신관 건물 뒤편에 있었다. 중학교와 고등학교가 같이 쓰는 운동장을 가로질러 강당에 도착한 준혁 아저씨가 착 가라앉은 눈빛으로 강당 주변을 살폈다.

"내가 다닐 때는 소각장이 있던 자리였는데 말이야."

다행히 강당 문은 잠겨 있지 않았다. 내가 먼저 안으로 들어가서 문을 열자 강당 안에 처음 들어온 준혁 아저씨가 주변을 두리번거렸다. 해가 완전히 떨어지지 않아서 안을 살펴보는 것은 별문제 없었다. 문제의 농구대는 우리가 들어선 문 오른편 벽에 붙어 있었다. 주변은 깨끗하게 치워져 있었지만 음산한 기운을 뿜어냈다. 그쪽까지 걸어간 준혁 아저씨가 출입문까지 떨어진 거리를 가늠하고는 다시 돌아오면서 발걸음 수를 셌다.

"열둘, 열셋, 열넷, 내 키가 백칠십이 조금 넘으니까 대략 한 걸음에 칠십 센티미터 정도로 치면 십 미터 정도 떨어져 있네."

그러더니 농구대를 가리키면서 말했다.

"상태야. 저쪽으로 가 봐."

힘든 건 꼭 나한테만 시킨다고 투덜대면서 농구대 아래 섰다. 준혁 아저씨는 두 손을 입에 모은 채 소리쳤다.

"크게 한번 뛰어 봐."

"똥개 훈련시키는 거예요? 뭐예요?"

"시키는 대로 하면 치킨 쏠게."

치느님은 언제나 옳기 때문에 두 발을 모으고 훌쩍 뛰었다. 쿵 소리가 텅 빈 강당 안에 퍼졌다. 귀를 기울이던 준혁 아저씨가 다시 지시를 내렸다.

"지금 뛴 높이의 절반 정도로 뛰어 봐."

그런 식으로 몇 번 뛰어 보라고 하고 소리를 지르라고 시켰다. 치느님을 영접하기 위해 얌전히 시키는 대로 했다. 그렇게 몇 번의 실험 아닌 실험을 한 준혁 아저씨가 이번에는 이쪽으로 걸어왔다.

"강당 밖으로 나가서 문을 닫고 서 있어 봐."

"뭘 하려고요."

짜증 섞인 나의 물음에 준혁 아저씨가 대답했다.

"마지막 실험. 때마침 그때랑 시간도 비슷하네."

마지막이라는 말에 나는 얼른 뛰어가서 문을 닫고 밖으로 나갔다. 그리고 몇 발자국 뒤로 물러났다. 잠시 후, 주머니의 휴대폰이 울렸다. 강당 안에 있던 준혁 아저씨였다.

"지금 뭐 보이니?"

강당 문에 붙은 유리 너머로 뭔가 보이긴 했지만 확실하지 않았다.

"아뇨. 뭐가 반짝거리기는 했는데 제대로 보이지는 않아요."

"오케이."

잠시 후, 준혁 아저씨가 문을 열고 나왔다. 늘 가지고 다니
는 택티컬 라이트를 보고는 비로소 의도를 눈치챘다. 내 표
정을 살핀 준혁 아저씨가 씩 웃었다.

"눈치 하나는 기가 막혀."

"지난번 지킴이 선생님은 분명 강당 안에서 빛이 반짝거
렸다고 했어요."

"맞아. 지금처럼 라이트를 켜면 빛이 일직선으로 나가니
까 반짝거리진 않지."

준혁 아저씨의 설명을 듣자 빛의 정체를 알 것 같았다.

"카메라나 폰에 달려 있는 플래시네요."

"맞아. 그 얘기는⋯⋯."

"안에 안지훈과 송영란 말고 다른 사람도 있었다는 뜻이
죠."

내가 가로채 대답하자 준혁 아저씨는 고개를 끄덕거렸다.

"강간을 하면서 뭘 찍을 수는 없잖아. 거기다 아저씨가 들
어갔을 때 둘이 딱 붙어 있었으니까 그걸 찍을 만한 여유도
없었고."

"맙소사."

머릿속으로 안지훈과 송영란 뒤에 누군가가 있는 모습이 그려졌다. 주머니에서 휴대폰을 꺼낸 준혁 아저씨가 어딘가와 통화를 했다. 임 형사 어쩌고 하는 걸 보니까 배불뚝이 같았다. 준혁 아저씨는 지난번 지킴이 아저씨에게 들은 네 명의 목격자들의 이름을 알려주고 집안 환경을 알아봐 달라고 부탁했다. 통화를 끝내고는 나에게 말했다.

"이건 완전히 「노우드의 건축업자」야."

"그건 또 뭔데요?"

"코난 도일이 1903년에 발표한 거야. 물론 목적은 전혀 반대지만 말이야."

이제는 그저 그러려니 하고 넘어갔다. 내가 심드렁해하자 준혁 아저씨가 덧붙였다.

"학교에서 알아봐 줘야 할 일이 있어."

그날 저녁 뉴스와 인터넷은 온통 안지훈의 얘기뿐이었다. 노량진 고시촌에서 체포된 안지훈은 범행에 대해서는 묵비권으로 일관했다. 하지만 그가 사라진 송영란의 집 근처를 배회했다는 증언과 증거 들이 나왔고, 결정적으로 그녀가 사라지기 며칠 전 동네 철물점과 슈퍼에서 칼과 노끈, 비닐봉투들을 구매한 사실이 밝혀졌다. 네티즌들은 안지훈이 송영란을 납치해서 죽인 후 어딘가에 암매장했다는 추측을 했고, 이는 고스란히 기사에 실렸다. 우리 둘은 안지훈이 경찰서에서 검찰로 넘어가는 날에 맞춰 경찰서를 찾아갔다. 전화를 받고 나온 배불뚝이는 안지훈이 여전히 묵비권을 행사한다면서 짜증스러워했다.

"녀석이 뭔 생각을 하는지 모르겠어. 그냥 변호사만 불러 달라고 하고, 막상 변호사를 불러 주면 또 할 말이 없다고 하고 말이야."

"이제 구속영장이 청구되는 건가요?"

"뭐, 자백을 받지 않아도 증거가 너무 명백해서 말이야. 영장실질심사를 받겠지만 그것도 일사천리겠지."

배불뚝이의 얘기를 들은 준혁 아저씨가 주차장 건너편에 보이는 경찰서 정문을 바라봤다. 현관 계단 아래에는 수없이 몰려든 카메라맨과 기자 들로 북새통을 이뤘다. 그 모습을 지켜본 준혁 아저씨가 중얼거렸다.

"그렇긴 하네요."

나는 계속 경찰서 정문을 바라보면서 두 사람의 얘기에 귀를 기울였다.

"꼰대 소리 듣기 싫어서 안 하고는 있는데 요즘 애들 왜 이러냐? 우리 때는 이 정도는 아니었는데 말이야."

"어른들이 만든 지옥이 학교 안으로 옮겨 가서 그래요."

준혁 아저씨의 얘기를 들은 배불뚝이가 피식 웃었다.

"누가 작가 아니랄까 봐."

배불뚝이가 주머니에서 꺼낸 담배를 물고 불을 붙이는 사이 준혁 아저씨가 내 팔을 슬쩍 건드렸다. 나는 얼른 수첩을 꺼내서 배불뚝이에게 말했다.

"학교에서 알아보니까 목격자라고 한 네 학생들이 평소에 안지훈을 괴롭히면서 빵이랑 가방 셔틀을 시켰다고 하던데요."

처음에는 다들 입을 열지 않았다. 하지만 식당 아줌마부터 경비 아저씨, 그리고 매점 주인까지 자신들이 본 것을 털어놨다. 결정적인 얘기는 학생들의 심리 상담을 해 주는 상담 교사에게 들을 수 있었다. 문제의 네 학생은 모두 대학에 진학했거나 휴학을 하고 군대에 가 있는 중이었다. 내 얘기가 끝나기 무섭게 준혁 아저씨가 덧붙였다.

"결정적인 증인이었던 네 사람은 가해자를 오랫동안 괴롭혔던 학생들입니다."

담배 연기를 깊게 내뱉은 배불뚝이가 대답했다.

"그렇긴 한데 명백한 증거가 없잖아. 설사 있다고 해도 괴롭힘은 처벌을 할 수도 없고 말이야."

"그게 이번 실종 사건의 시작이었어요."

한쪽 눈을 찡그린 준혁 아저씨의 말에 배불뚝이가 영문을 모르겠다는 표정으로 바라봤다. 준혁 아저씨가 나보고 설명하라는 눈빛을 보냈다.

"안지훈은 자기가 무죄라는 사실을 밝히는 것에 집착했잖아요. 그런데 유일하게 증언해 줄 송영란을 죽인다는 건 말이 안 돼요."

"그게 무슨 소리냐?"

"송영란의 증언만이 안지훈이 누명을 벗을 수 있는 길이에요. 그렇게 중요한 증인을 납치해서 죽인다는 게 이해가 되세요?"

배불뚝이가 비로소 무슨 얘긴지 알겠다는 뜻으로 고개를 끄덕거렸다.

"그리고 너무 허술해요. 단서가 될 페북 글도 지우지 않았고, 심지어 자기 동네에서 범행 도구를 구입했잖아요."

내 얘기가 계속되는 사이, 경찰서 정문을 계속 바라보던 준혁 아저씨가 누군가 들어서는 것을 보고는 눈짓을 했다. 발목까지 내려오는 바바리코트에 큼지막한 마스크를 쓴 여인이 경찰서 정문을 들어서는 게 보였다. 큼지막한 검은색 핸드백을 옆구리에 낀 그녀는 잠시 주저하다가 곧장 현관

쪽으로 향했다. 경찰서의 현관 계단 주변에서 진을 치고 있던 기자들과 카메라맨들이 바쁘게 움직였다. 안지훈이 검찰로 이송되기 위해 밖으로 나오기 직전인 것 같았다. 준혁 아저씨가 배불뚝이에게 말했다.

"같이 가서 구경하실래요?"

"맨날 보는 거야. 너나 가서 봐라."

"재미있는 걸 보실 수 있을 텐데요?"

준혁 아저씨의 눈빛이 반짝거리는 걸 본 배불뚝이가 담뱃불을 꺼서 휴지통 안에 던져 넣고는 일어섰다. 주차장을 가로질러 가면서 준혁 아저씨는 그동안 나와 함께 조사한 내용을 토대로 추리해 낸 사실들을 들려줬다.

"차진성을 비롯한 네 명의 학생들은 안지훈을 지속적으로 괴롭혔어요. 문제의 그날, 강당에 부른 것도 아마 망을 보게 하려고 했던 것 같습니다."

"망을 보다니? 설마."

경찰 짬밥을 그냥 먹었다는 게 아니라는 것을 증명이라도 하듯 배불뚝이는 준혁 아저씨의 얘기를 단숨에 알아차렸다.

"맞습니다. 그 네 학생은 송영란을 강당 안으로 끌고 가서 윤간을 했습니다. 계획된 것인지 아니면 충동적인 것인지는 모르겠어요. 그러다가 마지막에 안지훈도 가담하게 한 것 같습니다. 공범으로 만들어서 입을 다물게 할 속셈이었겠죠."

"아이구야."

설명을 들은 배불뚝이는 고개를 절레절레 흔들었다. 그때 경찰서의 현관에 안지훈이 모습을 드러냈다. 준혁 아저씨가 나를 슬쩍 가리키면서 말을 이어갔다.

"그런 상황에서 지킴이 선생님이 나타나자 마치 아무것도 모른 것처럼 도망쳐 버린 겁니다. 상태가 학교에서 조사한 바에 의하면 차진성의 아버지는 당시 학교 운영위원회 운영위원이었고 말이죠. 뭔가 냄새가 나지 않습니까?"

"그러면 안지훈이 다 덮어썼다는 얘긴데 바보도 아니고 그렇게 당한다는 게 말이 돼?"

"바보라서 당한 건 아닙니다. 얘기한 대로 가해자 쪽 집안이 워낙 빵빵했고, 학교는 무조건 덮으려고만 들었으니까요. 아마 안지훈에게도 많은 회유와 협박이 있었을 겁니다. 어차피 증거도 없었고, 증인들이라고 해 봤자 걔네들뿐인데 뭘 어쩌겠습니까?"

"그건 그렇다 쳐도 송영란이 입을 다물 이유는 없잖아."

그것이 나와 준혁 아저씨가 마지막에 부딪친 벽이었다. 돌파구는 학교 안에서 조사를 하던 중에 나왔다. 준혁 아저씨는 이번에도 나에게 설명하라고 얘기했다.

"학교에서 그 사건이 벌어지고 얼마 안 있다가 피해자의 어머니가 가해자 쪽으로부터 돈을 받아서 집을 샀다는 소문이 돌았어요."

내 얘기를 들은 배불뚝이의 표정이 어두워졌다. 준혁 아저씨가 그런 배불뚝이에게 말했다.

"더 이상 조사하진 못했지만 여하튼 그런 문제들이 송영란으로 하여금 입을 다물게 한 것 같습니다."

배불뚝이가 고개를 갸우뚱했다. 그러자 준혁 아저씨가 현관 쪽을 바라보면서 덧붙였다.

"그리고 집에서 보셨겠지만 반항한 흔적이 없었습니다. 불과 몇 년 전에 자신을 강간한 범인이 나타났는데 별다른 반항 없이 따라갔다는 게 이상하지 않습니까? 택배 기사가 찾아와도 없는 척하고, 자물쇠를 몇 개나 달아 놨는데 속아서 문을 열어 줄 리도 없고 말이죠."

계속 얘기를 듣던 배불뚝이가 그제야 질문을 했다.

"그렇다고 해도 그게 이번 사건과 무슨 연관이 있는데? 걔들이 서로 짜고 자작극을 벌였다고 해도 얻는 게 없잖아."

그렇게 얘기를 나누면서 경찰서의 현관까지 도착할 즈음, 드디어 안지훈이 모습을 드러냈다.

텔레비전에서 많이 봤던 것처럼 마스크를 쓴 그의 양쪽

에서 경찰들이 팔을 잡고 있었고, 손에 찬 수갑을 가리기 위해 수건으로 둘둘 말아 놓은 상태였다. 안지훈이 나타나자 기다리고 있던 기자들이 일제히 몰려들어서 아수라장이 되었다.

그런 가운데 기자들의 질문 세례가 쏟아졌다. 잠시 사진을 찍을 시간을 주기 위해서 계단 중간에 멈춰 서자 안지훈은 쏟아지는 카메라 플래시와 질문 세례를 뚫고 누군가를 찾기 위해 고개를 두리번거렸다. 준혁 아저씨는 그런 안지훈과 주변의 기자들을 바라보면서 아까 배불뚝이의 질문에 대답했다.

"얻는 게 없다고 하셨죠? 저게 바로 두 사람이 얻은 겁니다."

준혁 아저씨의 얘기가 끝나기 무섭게 아까 봤던 바바리코트 차림에 마스크를 쓴 여인이 옆구리에 낀 가방에서 종이를 꺼내 허공에 던졌다. 그러면서 목청껏 외쳤다.

"여러분! 이번 사건의 진실을 밝힙니다."

갑작스러운 그녀의 돌출 행동에 기자들의 시선이 모두 그쪽으로 향했다. 그리고 그들을 향해 여인이 마스크를 벗자 비명 같은 외침이 퍼져 나갔다. 그걸 본 배불뚝이가 어처구니없다는 듯 중얼거렸다.

"송영란이잖아."

안지훈의 손에 죽었다던 송영란이 나타나자 기자와 경찰들은 패닉 상태에 빠지고 말았다. 마스크를 벗은 그녀는 둘러싼 기자들에게 얘기를 시작했다. 그녀가 던진 유인물은 내 발치에도 떨어졌다. 허리를 굽혀 집어 들자 프린트로 인쇄한 글씨들이 보였다. 나는 또박또박 읽어 내려갔다.

"3년 전, 개민 고등학교에서 발생한 송영란의 강간 사건은 학교와 가해자 부모 간의 타협으로 인해 억울한 피해자가 발생한 사건이다. 실제로 송영란을 강간한 것은 당시 3학년이었던 차진성과 이현민, 조영곤과 남광규였다. 이들은……."

그 뒤에 적힌 내용들은 나와 준혁 아저씨의 추측대로였다. 우연찮게 페이스북을 통해 재회한 두 사람은 자신들을 절망의 구렁텅이로 빠트린 사건을 스스로의 힘으로 해결하기로 했다. 그리고 최대한 사람들의 이목을 끌기로 하고 이번 실종 소동을 일으킨 것이다. 내가 들려준 내용을 읽은 배불뚝이가 신음 소리를 내면서 머리를 감싸 쥐었다.

"왜 이런 짓을……."

나는 그동안 사건을 조사하면서 느꼈던 점을 말했다.

"어른들을 믿지 못했으니까요."

나와 준혁 아저씨가 머리를 맞댄 채 내린 결론은 송영란의 실종은 두 사람이 꾸민 자작극이라는 것이다. 그리고 그 뒤에 어른들이 묻어 버린 사건의 진실을 파헤치기 위한 목적이 숨어 있다는 결론에 도달하게 되었다. 마지막 문제는 언제, 어떤 방식으로 알리는가였다. 그 문제는 준혁 아저씨가 배불뚝이에게 전화를 거는 것으로 해결했다. 배불뚝이는 기자들이 언제 가장 많이 오느냐는 물음에 안지훈이 검찰로 송치되는 내일이라고 대답했던 것이다. 그리고 우리의 예상대로 송영란은 그 기회를 놓치지 않았다. 그녀의 갑작스러운 등장으로 경찰서 현관은 아수라장으로 변해 버렸다. 배불뚝이도 어디선가 걸려온 전화를 받고 경찰서 안으로 들어갔다. 어느덧 그녀는 안지훈 옆에 나란히 서서 기자들의 질문에 대답을 했다. 우리 둘은 그 모습을 물끄러미 지켜봤다. 깊은 한숨을 토해 낸 준혁 아저씨가 중얼거렸다.

"누굴까?"

며칠 후, 전철역의 KFC에 나란히 앉은 우리 두 사람은 각자의 휴대폰으로 기사를 검색했다. 두 사람이 꾸민 실종소동은 큰 센세이션을 불러일으켰다. 사건 은폐를 시도한 학교 측은 피해 여학생을 돕기 위해서라는 궁색한 변명을 늘어났지만 교육청의 감사와 함께 교장과 교감이 동시에 물러나야만 했다. 사건의 주동자이자 명문대에 재학 중이던 차진성 역시 자기 트위터에 말도 안 되는 거짓말이라는 글을 올려놨지만 얼마 후에 삭제하고 트위터도 탈퇴했다. 하지만 네티즌들에 의해서 며칠 만에 어느 학과에 다니는지 알려지게 되었다. 결국 견디다 못한 그는 자퇴를 하게 되었고, 다른 가담자들도 마찬가지였다. 그들에게는 경찰 수사가 기다리고 있었다. 돈으로 사건을 무마하는 데 앞장섰던 차진성의 아버지도 중역으로 일하던 회사에 사표를 내야만 했다.

신문에는 이번 사건을 일컬어 어른들을 향한 청소년들의 반란이라고 명명했다. 또 다른 신문에는 법과 어른을 믿지 못하는 불신이 극에 달한 사회의 자화상이라는 식의 칼럼이 실렸다.

내가 보기에는 다 헛소리였다. 어른들은 자신이 생각하는 것들을 우리들에게 강요했지만 정작 그것은 정답이 아니었다. 그러면서 아이들은 빠르게 어른이 되었다. 그래서 어른처럼 남을 속이고 괴롭히면서 컸다. 어른 되기 힘든 세상에서는 어른뿐만 아니라 청소년들도 힘들 수밖에 없었다.

한편, 그와는 별도로 두 사람의 치밀한 계획도 화제가 되었다. 페이스북을 통해서 서로 연락을 하게 된 두 사람은 이후 대포폰으로 연락을 취하면서 이번 계획을 짰다. 어머니가 없는 틈에 몰래 집을 빠져나온 그녀는 안지훈이 아르바이트를 하면서 모아 놓은 돈으로 구한 서울 근교의 펜션에서 며칠 동안 머무르다가 극적으로 등장하면서 모여든 신문기자들에게 사건의 진실을 폭로해 버린 것이다.

그녀가 이런 방법을 쓴 이유도 밝혀졌다. 바로 어머니가 차진성의 아버지와 학교 측으로부터 돈을 받고 합의를 해주는 한편, 안지훈이 범인이라고 지목한 것이다. 아줌마가 교문에서 1인 시위를 한 것도 학교에서 주기로 한 돈을 절반밖에 주지 않았기 때문이었다.

한편, 3년 내내 네 명에게 괴롭힘을 당하던 안지훈의 집안은 아버지가 막노동을 하는 가난한 집안이었기 때문에 제대로 항변 한번 못하고 속수무책으로 당했다. 휴대폰으로 신문기사를 쭉 읽다가 중얼거렸다.

"힘없다고 무시당한 애들이 제대로 한 방 먹였네요."

마시던 콜라가 다 떨어져서 슬쩍 눈치를 보다가 준혁 아저씨의 콜라를 집었다. 다른 때 같으면 난리가 났을 텐데 도무지 반응이 없었다. 사람이 갑자기 진지해지니까 이상해지는 것은 물론 재미도 없어졌다. 콜라를 도로 놓고, 마지막 남은 감자튀김을 집어 들면서 물었다.

"무슨 생각을 그렇게 해요?"

"이번 계획을 짠 진정한 배후가 누구인지 생각 중이야."

"두 사람이 한 거잖아요."

"물론 결심은 했겠지. 하지만 그거랑 실행에 옮기는 건 다른 문제야."

전에 없이 안절부절못하는 준혁 아저씨의 휴대폰에 문자 메시지가 도착했다는 알람이 울렸다. 휴대폰을 집어 든 준혁 아저씨의 표정이 심상치 않았다.

"왜 그래요?"

준혁 아저씨는 대답 대신 휴대폰에 찍힌 문자 메시지를 보여 줬다. 내용은 간단했다.

"'언젠가 만날 날이 있을 겁니다. 진모태.' 이 사람 누구예요?"

내 물음에 준혁 아저씨는 고개를 저었다. 그리고 심각한 표정으로 대답했다.

"모리어티 클럽의 수장이라는 것 정도만 알려져 있을 뿐한 번도 본 적은 없어."

"모리어티면 셜록 홈스의 최대 라이벌 아닌가요?"

"맞아. 제임스 모리어티 교수. 짐 모리어티라고도 불리지.

그를 추종하는 사람들이 모여서 만든 모리어티 클럽은 셜로
키언들에게 대항하기 위해서 만들어졌어. 진모태는 한국 모
리어티 클럽의 수장이고 말이야."

어릴 때 봤던 만화영화에나 나오는 설정 같아서 나도 모르
게 피식 웃고 말았다. 하지만 준혁 아저씨는 자못 심각했다.

"마침내 탐정의 시련이 시작되는군."

사람들은 내게 왜 청소년소설에 관심을 기울이느냐고 질문한다. 내가 관심을 가지는 이유는 내 청소년 시절의 기억 때문이다. 사실 기억나는 게 없기 때문에 기억이라고 부르긴 애매하다. 추측하건대, 너무나 힘들고 고통스러웠기 때문에 아예 잊어버리고 산 것이 아닌가 싶다. 공부 못하고 운동에도 자질이 없으며 숫기도 없었던 청소년은 학교에서 괴롭힘의 대상이 될 수밖에 없다. 아마 가족이 없었다면 그 시절을 견뎌 내기 어려웠을지도 모르겠다. 그래서 청소년소설을 쓸 기회가 왔을 때 반드시, 꼭 나 같은 아이들에게 꿈과 희망을 주는 이야기를 쓰겠다고 마음먹었다. 그래서 내가 받지 못했던 보살핌과 용기를 주겠노라고 마음먹었다.

또 사람들은 내게 추리소설을 왜 좋아하느냐고 묻는다. 그러면 나는 질문자에게 반문하곤 한다.

"추리소설을 좋아하면 안 되는 이유가 있나요?"

내가 추리소설을 좋아하게 된 이유는 사람이 누군가를 죽이면서 품는 마음들이 어떤지 궁금했기 때문이다. 추리는 살인을 매개로 하여 인간의 감정을 풀어가는 이야기다. 트릭이나 알리바이만큼이나 중요한 것은 왜 살인을 저질렀는지에 대한 이유와 실행에 옮기는 감정이다. 나는 인간이 가지고 있는 감정의 가장 밑바닥에는 증오와 살인이 있다고 믿는다. 그걸 밝혀내는 것이 추리소설이다. 덕분에 추리소설은 백 년이 넘는 오랜 기간 동안 독자들의 사랑을 받아 왔다. 추리소설을 쓰기로 결심했을 때 꼭 도전해 보고 싶었던 것은 바로 '사회'를 담아 보기로 한 것이다. 일본에서 '사회파 미스터리'라고 부르는 이 방식은 살인이 개인의 문제가 아닌 사회의 모순과 부조리 때문에 벌어진다고 전제한다. 추리소설이 오랫동안 사랑을 받아 온 것은 그 시대의 모습을 담았기 때문이다. 그래서 역사를 배경으로 한 추리소설을 쓰면서도 그 시대에 존재했을 법한, 혹은 오늘날에도 이해될 만한 소재를 다루고자 노력했다. 『명탐정의 탄생』은 청소년소설이라는 몸에 추리소설이라는 외투를 걸친 형태를 지니고 있다. 청소년소설과 추리소설이라는 조합이 어울릴 수 있었던 것은 사회와 학교가 거의 비슷하게 지옥이 되어 가고 있기 때문이다.

88만 원 세대를 넘어서 삼포세대를 대변하는 주인공 민준혁과 지옥 같은 학교 생활을 겪고 있는 중학생 안상태는 오늘의 우리를 상징하고 있다. 두 사람이 마주치는 사건들도 우리 사회가 가지고 있는 어둠의 단면을 그대로 보여 준다. 상상은 현실을 이기지 못한다. 상상력을 발휘하는 것보다 실제로 발생한 사건을 모티브로 쉽게 추리소설을 쓸 수 있었다는 얘기는 사회가 추리소설 속 세상보다 어둡다는 것을 의미한다. 삼포세대로 대표되는 청년들의 좌절과 절망 뒤에는 그런 말조차 할 수 없는 어린 학생들의 피눈물이 있다. 매년 스스로 목숨을 끊은 학생들의 비현실적인 숫자를 보면서 우리 사회가 학생들을 지옥으로 빠트리고 있는 게 아닌가 하는 생각이 들곤 했다. 부디 어두운 세상은 작가가 상상해 낸 추리소설 속에서만 존재하기를 간절히 바라는 마음으로 이 글을 썼다.

바다로 간 달팽이 **017**

명탐정의 탄생

1판 1쇄 발행일 2015년 10월 26일 1판 2쇄 발행일 2016년 12월 7일
글쓴이 정명섭 펴낸곳 (주)도서출판 북멘토 펴낸이 김태완
편집장 이희주 편집 오지숙, 이슬 디자인 황수진, 안상준 마케팅 이용구 관리 윤희영
출판등록 제6-800호(2006. 6. 13)
주소 03990 서울시 마포구 월드컵북로 6길 69(연남동 567−11) IK빌딩 3층
전화 02-332-4885 팩스 02-332-4875 이메일 bookmentorbooks@hanmail.net

ⓒ 정명섭, 2015

ISBN 978-89-6319-148-5 03810

이 도서의 국립중앙도서관 출판예정도서목록(CIP)은 서지정보유통지원시스템 홈페이지
(http://seoji.nl.go.kr)와 국가자료공동목록시스템(http://www.nl.go.kr/kolisnet)에
서 이용하실 수 있습니다.(CIP제어번호: CIP 2015028239)